文通天下

突 破 认 知 的 边 界

心 里 种 花，

人 生 才

汪曾祺 等 ————
著

不 会 荒 芜

光明日报出版社

图书在版编目（CIP）数据

心里种花，人生才不会荒芜 / 汪曾祺等著 . -- 北京：
光明日报出版社，2025.3. -- ISBN 978-7-5194-8380-7

Ⅰ. I267

中国国家版本馆CIP数据核字第2025466ZJ5号

心里种花，人生才不会荒芜
XIN LI ZHONG HUA, RENSHENG CAI BU HUI HUANGWU

著　者：汪曾祺等			
责任编辑：孙　展		责任校对：徐　蔚	
特约编辑：王　猛		责任印制：曹　净	
封面插画：长腿姑姑		封面设计：李果果	
内文插画：汪曾祺			

出版发行　光明日报出版社

地　　址：北京市西城区永安路 106 号，100050

电　　话：010-63169890（咨询），010-63131930（邮购）

传　　真：010-63131930

网　　址：http://book.gmw.cn

E - mail：gmrbcbs@gmw.cn

法律顾问：北京市兰台律师事务所龚柳方律师

印　　刷：河北文扬印刷有限公司

装　　订：河北文扬印刷有限公司

本书如有破损、缺页、装订错误，请与本社联系调换，电话：010-63131930

开　　本：146mm×210mm　　　　　　印　　张：8.5

字　　数：157 千字

版　　次：2025 年 3 月第 1 版

印　　次：2025 年 3 月第 1 次印刷

书　　号：ISBN 978-7-5194-8380-7

定　　价：58.00 元

遍青山啼红了杜鹃

芭禋雨

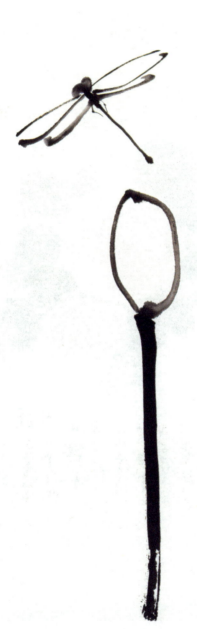

一九六〇年三月十日午夜醉頸東華水罘作达

旺色为扬
州名菊托
又观善
南此种
须倚烘
染极贵工
我之所作乃
一次染脏窜
粉脏浮其
髣髴耳
雪溪秋
客逸记

目录

第一章 **我只在意，我的故事里都有你**

假如人生只是虚幻的梦影，那我这些可爱的映影，便是你赠予我的全生命。我常觉你在我身后的树林里，骑着马轻轻地走过去。常觉你停息在我的窗前，徘徊着等我的影消灯熄。常觉你随着我唤你的声音悄悄走近了我，又含泪退到了墙角。常觉你站在我低垂的雪帐外，哀哀地对月光而叹息！

醒来觉得甚是爱你[1]

————朱生豪

如果你要为我祝福，祝我每夜做一个好梦
吧，让每一个梦里有一个你。

一

宝贝：

现在是九点半，我想你大概已经睡了，我也想要睡了。心里怪无聊的，天冷下雨，没有东西吃，懒得做事，只想倚在你肩上听你讲话。如果不是因为这世界有些古怪，我巴不得永远和你厮守在一起。

你说我们前生是不是冤家？我向来从不把聚散看成一回

---

1 标题为编者加。下文是节选自朱生豪写给恋人宋清如的书信。两人苦恋10年，可结婚不到两年就阴阳相隔。

事，在你之前，除你之外，我也并非没有好朋友，不知道为什么和你一认识之后，便像被一根绳紧紧牵系住一样，怪不自由的，心也不能像从前一样轻了，但同时却又真觉得比从前幸福得多。

不写了，祝你快乐！

十九夜

二

昨夜我看见郑天然[1]向我苦笑。你被谁吹大了，皮肤像酱油一样，样子很不美，我说，你现在身体很好了，说这句话，心里甚为感动，想把你抱起来高高的丢到天上去。醒来觉得甚是爱你。

这两天我很快活，而且骄傲。

你这人，有点太不可怕。尤其是，一点也不莫名其妙。

朱

---

1 朱生豪在之江大学时的好友。

三

好人：

　　你不懂写信的艺术，像"请你莫怪我，我不肯嫁你"这种句子，怎么可以放在信的开头地方呢？你试想一想，要是我这信偶尔被别人在旁边偷看见了，开头第一句便是这样的话，我要不要难为情？理该是放在中段才是。否则把下面"今天天气真好，春花又将悄悄地红起来"二句搬在头上做帽子，也很好。"今天天气真好，春花又将悄悄地红起来，我没有什么意见"这样的句法，一点意味都没有；但如果说"今天天气真好，春花又将悄悄地红起来，请你莫怪我，我不肯嫁你"，那就是绝妙好辞了。如果你缺少这种poetical instinct[1]，至少也得把称呼上的"朱先生"三字改做"好友"，或者肉麻一点就用"孩子"。你瞧"朱先生，请你莫怪我，我不肯嫁你"这样的话多么刺耳；"好友，请你莫怪我，我不肯嫁你"，就给人一个好像含有不得不苦衷的印象了，虽然本身的意义实无二致。问题并不在"朱先生"或"好友"

1　诗的直觉。

的称呼上，而是"请你莫怪我……"十个字，根本可以表示无情的拒绝和委婉的推辞两种意味。你该多读读《左传》。

我没有要你介绍女朋友的意思，别把我的话太当真。你的朋友（指我）是怎样一宗宝货你也知道，介绍给人家人家不会感激你的，至于我则当然不会感激你。

我待你好，你也不要不待我好。

四

阿姊：

不许你再叫我朱先生，否则我要从字典上查出世界上最肉麻的称呼来称呼你。特此警告。

你的来信如同续命汤一样，今天我算是活转来了，但明天我又要死去四分之一，后天又将成为半死半活的状态，再后天死去四分之三，再后天死去八分之七等等，直至你再来信，如果你一直不来信，我也不会完全死完，第六天死去十六分之十五，第七天死去三十二分之三十一，第八天死去六十四分之六十三，如是等等，我的算学好不好？

我不知道你和你的老朋友四年不见面，比之我和你四月不见面哪个更长远一些。

有人想赶译高尔基全集，以作一笔投机生意，要我拉集五六个朋友来动手，我一个都想不出。捧热屁岂不也很无聊？

你会不会翻译？创作有时因无材料或思想枯竭而无从产生，为练习写作起见，翻译是很有助于文字的技术的。假如你的英文不过于糟，不妨自己随便试试。

我不知道世上有没有比我们更没有办法的人？

你前身大概是林和靖的妻子，因为你自命为宋梅。这名字我一点不喜欢，你的名字清如最好了，字面又干净，笔画又疏朗，音节又好，此外的都不好。"清如"这两个字无论如何写总很好看，像"澄"字的形状就像个青蛙一样。"青树"则显出文字学的智识不够，因为"如树"两字是无论如何不能谐音的。

人们的走路姿势，大可欣赏，有一位先生走起路来身子直僵僵，屁股凸起；有一位先生下脚很重，走一步路全身肉都震动；有一位先生两手反绑，脸孔朝天，皮鞋的历笃落[1]，

1　拟声词，吴语中常用来形容皮鞋走在地上发出的清脆声响。

像是幽灵行走；有一位先生缩颈弯背，像要向前俯跌的样子；有的横冲直撞，有的摇摇摆摆，有的自得其乐；有一位女士歪着头，把身体一扭一扭地扭了过去，似乎不是用脚走的样子。

再说。

朱

一日

五

昨天上午安乐园冰淇淋上市，可是下午便变成秋天，风吹得怪凉快的。今天上午，简直又变成冬天了。太容易生毛病，愿你保重。

昨夜梦见你、郑天然、郑瑞芬等，像是从前同学时的光景，情形记不清楚，但今天对人生很满意。

我希望你永远待我好，因此我愿意自己努力学好，但如果终于学不好，你会不会原谅我？对自己我是太失望了。

不要愁老之将至，你老了一定很可爱。而且，假如你老了十岁，我当然也同样老了十岁，世界也老了十岁，上帝也老了十岁，一切都是一样。

我愿意舍弃一切，以想念你终此一生。

所有的恋慕。

蚯蚓

九日

六

朋友：

今天你也显出你的弱点来了。我还以为你真是"寡情"的，然而寡情的人是应该无爱亦无恨的，那么发狠做什么。

你骂我，我会嬉皮涎脸向你笑；你捶我，虽然鸡肋不足以当尊拳，但你的小拳头估量起来力气也无多，不至于吃不消；你要看我气得呕血，也许我反会快乐得流眼泪。我猜想你一定想念我，否则该已忘了我（已经四五十年不通信了呢，把一天当作三年计算）。我早已对你说过我向你说的是谎话，因此你不该现在才知道。你不要我怜悯，我偏要怜悯你，小宝贝怎么好让你枯死渴死萎死呢？天那么暖，冰冻死是暂时不会的。

一个人只被人家当作淡烟一样看待，想想看也真乏味得很，我倒愿做一把烈火把你烧死了呢。做人如此无聊，令人不高兴写信。

寄奉图画杂志两本，并内附图画数幅，亦小殷勤之类。你如嫌嘴酸，不要骂我也罢，如嫌手痛，不要捶我也罢，如怕自己心痛，不要看我呕血也罢。

老鼠（因不及小猫，故名）

七

宋：

风雨如晦，天地失色，我心寂寞，盖欲哭焉。今天虽然盼得你的信，可是读了等于不读，反而更觉肚子饿，连信封才七十字耳，吝啬哉！

不知你玩得算不算畅快？鲰生无福，未能追随芳躅，惟有望墨水壶而长叹而已。

本来我也可以今天乘天凉回家去一次，但一则因为提不起兴致，二则因为钱已差不多用完，薪水要下星期一才有，因此不去，下星期已说定要去，大概不得不去，并非真想去。狗窝一样的亭子间，虽然我对它毫无爱情，只有憎恶，但在这世上似乎是我唯一不感到陌生的地方。

如果你要为我祝福，祝我每夜做一个好梦吧，让每一个梦里有一个你。如果现实的缺憾可以借做梦来弥补一下，也许我可以不致厌世。

愿你好。

×四日

八

阿姊：

你走了，我很寂寞，今夜不知你在什么地方，梦魂不识路，何以慰相思？

人静之后，夜的空气甜柔得有些可爱，无奈知心人远，徒增惆怅耳。旅途倦乏，此刻你一定已睡得好好儿的了。如果天可怜见，让我今夜梦里见你吧。

愿煦风和日永远卫护着可爱的你，愿你带着满心的春笑回来。

爱丽儿 廿八

九

亲爱的朋友：

心头像刀割一样痛苦，十八天了，她还是没有来。

我知道我太不配接受她的伟大而又纯真的爱，因此所享受的每一份幸福，必须付出十倍于此的痛苦做代价，因此我便忍受着这样的酷刑。

她是个太善良的人，她对谁都那么顾恤体贴；她也是个太老实的人，她说的话都没有半分虚伪。她不会有意虐待我，或对我失信。可是她是个孝顺不过的女儿，在她母亲强有力的意志下，我的脆弱的感情，只好置之不顾了。我能怨她吗？不，我因此而更爱她。

亲爱的朋友，恕我把你和她做一个比较，你是我所认识的人中最可爱最完美的一人，可是她的美丽她的可爱，永远是发掘不尽的宝藏。你只是她过去生命中的一部分，是她美丽的灵魂投射在我心镜上的一个影子，因为我的感受力非常脆弱，不能摄取她的美丽灵魂的全部，然而我所能摄取的却已经深深地锁在我的记忆里，没有什么力量可以把它夺去。

迷迷糊糊地睡了一觉，醒来就盼望天明，不料邻家的钟才敲上一点，这时间怎样挨过去。起来点了火，披上衣裳，坐在被窝里，写上几行，反正你也不在这里。她们也不在这里，一个人由得我发疯。

明天大概不会下雨了，历本上说是好日子。你没有理由再不回来。要是你再不来，那我必需在盼望你的焦虑上，对你的平安忧虑了。最亲爱的人，赶快回来吧！大慈大悲的岳母大人，请你体恤体恤一个在热恋中的孩子的心，不要留着她不放吧！她多住三天两天，在你是不知不觉中很快过去了，可是她迟回来一天，这一天对我是多么漫长的时间啊！

但愿你平安着！

听见邻人家孩子呼唤母亲的声音，就勾起我失母的悲哀。二十年了，她的慈爱的音容，还是那么深刻在我的心上。我不愿把一般形容母亲的"慈祥"二字放在她的身上，因为她到死都只是一个□□的好心情的孩子。你是一个有母亲的人，你一定不会想到一个早年失母的人，是怎样比人家格外希望有一个亲切的人永远在他的身边。

今天濂姐[1]回来，给她的母亲放衣服，我见了她，忍不

1　指朱生豪的表姐曹思濂。

住要哭。……

今年的春天，我们婚后第一年的春天，是这样成为残缺了，我为了思念你而憔悴。

梅花在你去了以后怒放，连日来的风雨，已经使她消瘦了大半，她还在苦苦地打叠起精神，挨受这风朝雨夕，等待着你的归来。

昨夜一夜天在听着雨声中度过，要是我们两人一同在雨声里做梦，那境界是如何不同，或者一同在雨声里失眠，那也是何等有味。[1]可是这雨好像永远下不住似的，夜也好像永远过不完似的，一滴一滴掉在我的灵魂上，无边的黑暗、绝望，侵蚀着我，我□□着做噩梦。

要是这雨再阻延了你的归期，我真不知道我怎样还有勇气支持下去。每一天是一个无期徒刑，挨到天黑上了床，就好像囚犯盼到了使他脱罪的死亡，可是他还不知道他的灵魂

---

1 1944年6月，朱生豪因肺结核撒手人寰，怀里的孩子和朱生豪留下的手稿成了宋清如活下去的使命。1997年86岁的宋清如溘然长逝。在嘉兴市区禾兴南路朱生豪故居门口有一雕塑，那是朱生豪与宋清如，他们深情凝望。雕塑的基座上有一句话：要是我们两人一同在雨声里做梦，那境界是如何不同，或者一同在雨声里失眠，那也是何等有味。

将会上天堂或下地狱。要是做梦和你在一起，那么我的无恨的灵魂便是翱翔在天堂里，要是在噩梦或失眠中度过，那就是在地狱里沉沦。天堂的梦是容易醒的，地狱的苦趣却漫漫无尽，就是这一夜天便等于一个永劫。好容易等到天亮了，又开始了一个新的无期徒刑。

我不愿向上帝祷告，因为他是从来不听人的话的，我只向你妈祷告。好妈妈，天晴了赶快放她走吧！

天气是那样捉摸不定，又刮起风来。要是你今天来了多好。一定是你妈出行要拣好日子，明天下了雨怎么办？我一定经受不住第二次的失望，即使那只仅是一天的距离。今夜是无论如何不能入睡的了。

明天，明天，明天，明天该是这半月来最长的一天，要是你不来，那一切都完了。

二十日

她走了

——梁遇春

心心相契的人们哪里用得着知道彼此的姓
名和家世。

她走了，走出这古城，也许就这样子永远走出我的生命
了。她本是我生命源泉的中心里的一朵小花，她的根总是种
在我生命的深处，然而此后我也许再也见不到那隐有说不出
的哀怨的脸容了。这也可说我的生命的大部分已经从我生命
里消逝了。

两年前我的懦怯使我将这朵花从心上轻轻摘下，（世上
一切残酷大胆的事情总是懦怯弄出来的，许多自杀的弱者，
都是因为起先太顾惜生命了，生命果然是安稳地保存着，但
是自己又不得不把它扔掉。弱者只怕失败，终免不了一个失
败，天天兜着这个圈子，兜的回数愈多，也愈离不开这圈子
了！）——两年前我的懦怯使我将这朵小花从心上摘下，花

叶上沾着几滴我的心血，它的根当还在我心里，我的血就天天从这折断处涌出，化成脓了。所以这两年来我的心里的贫血症是一年深一年了。今天这朵小花，上面还濡染着我的血，却要随着江水——清流乎？浊流乎？天知道！——流去，我就这么无能为力地站在岸上，这么心里狂涌出鲜红的血。

"谁道人生无再少，门前流水尚能西。"但是我凄惨地相信西来的弱水绝不是东去的逝波。否则，我愿意立刻化作牛矢满面的石板在溪旁等候那万万年后的某一天。

她走之前，我向她扯了多少瞒天的大谎呀！但是我的鲜血都把它们染成真实了。还没有涌上心头时是个谎话，一经心血的洗礼，却变作真实的真实了。我现在认为这是我心血唯一的用处。若使她知道个个谎都是从我心房里榨出，不像那信口开河的真话，她一定不让我这样不断地扯谎着。我将我生命的精华搜集在一起，全放在这些谎话里面，掷在她的脚旁，于是乎我现在剩下来的只是这堆渣滓，这个永远是渣滓的自己。我好比一根火柴，跟着她已经擦出一朵神奇的火花了，此后的岁月只消磨于躺在地板上做根腐朽的木屑罢了！人们践踏又何妨呢？"推枰犹恋全输局，"我已经把我的一生推在一旁了，而且丝毫也不留恋着。

她劝我此后还是少抽烟，少喝酒，早些睡觉，我听着我心里欢喜得正如破晓的枝头弄舌的黄雀，我不是高兴她这么挂念着我，那是用不着证明的，也是言语所不能证明的，我狂欢的理由是我看出她以为我生命还未全行枯萎，尚有留恋自己生命的可能，所以她进言的时期还没有完全过去；否则，她还用得着说这些话吗？我捧着这血迹模糊的心求上帝，希望她永久保留有这个幻觉。我此后不敢不多喝酒，多抽烟，迟些睡觉，表示我的生命力尚未全尽，还有心情来扮个颓丧者，因此使她的幻觉不全是个幻觉。虽然我也许不能再见她的倩影了，但是我却有些迷信，只怕她靠着直觉能够看到数千里外的我的生活情形。

她走之前，她老是默默地听我的忏情的话，她怎能说什么呢？我怎能不说呢？但是她的含意难伸的形容向我诉出这十几年来她辛酸的经验，悲哀已爬到她的眉梢同她的眼睛里去了，她还用得着言语吗？她那轻脆的笑声是她沉痛的心弦上弹出的绝调，她那欲泪的神情传尽人世间的苦痛，她使我凛然起敬，我觉得无限的惭愧，只好滤些清净的心血，凝成几句的谎言。天使般的你呀！我深深地明白你会原宥，我从你的原宥我得到我这个人唯一的价值。你对我说，"女子多半都是心地极褊狭的，顶不会容人的，我却是心地最宽大的。"你这句自白做了我黑暗的心灵的闪光。

我真认识得你吗？真走到你心窝的隐处吗？我绝不这样自问着，我知道在我不敢讲的那个字的立场里，那个字就是唯一的认识。心心相契的人们哪里用得着知道彼此的姓名和家世。

你走了，我生命的弦戛然一声全断了，你听见了没有？

写这篇东西时，开头是用"她"字，但是有几次总误写作"你"字，后来就任情地写"你"字了。仿佛这些话迟早免不了被你瞧见，命运的手支配着我的手来写这篇文字，我又有什么办法哩！

初恋

她如果真是流落做了，我必定去救她出来。

　　那时我十四岁，她大约是十三岁吧。我跟着祖父的妾宋姨太太寄寓在杭州的花牌楼，间壁住着一家姚姓，她便是那家的女儿。她本姓杨，住在清波门头，大约因为行三，人家都称她作三姑娘。姚家老夫妇没有子女，便认她做干女儿，一个月里有二十多天住在他们家里，宋姨太太和远邻的羊肉店石家的媳妇虽然很说得来，与姚宅的老妇却感情很坏，彼此都不交口，但是三姑娘并不管这些事，仍旧推进门来游嬉。她大抵先到楼上去，同宋姨太太搭讪一回，随后走下楼来，站在我同仆人阮升公用的一张板桌旁边，抱着名叫"三花"的一只大猫，看我映写陆润庠的木刻的字帖。我不曾和她谈过一句话，也不曾仔细地看过她的面貌与姿态，大约我在那时已经很是近视，但是还有一层缘故，虽然非意识的对于她很是感到亲近，一面却似乎为她的光辉所掩，抬不起眼来去端详她了。在此刻回想起来，仿佛是一个尖面庞，乌眼睛，瘦小身材，而且有尖小的脚的少女，并没有什么殊胜的地方，但在我的性的生活里总是第一个人，使我于自己以外感到对于别人的爱着，引起我没有明了的性之概念的，对于异性的恋慕的第一个人了。

我在那时候当然是"丑小鸭"，自己也是知道的，但最终不以此而减灭我的热情。每逢她抱着猫来看我写字，我便不自觉的振作起来，用了平常所无的努力去映写，感着一种无所希求的迷蒙的喜乐。并不问她是否爱我，或者也还不知道自己是爱着她，总之对于她的存在感到亲近喜悦，并且愿为她有所尽力，这是当时实在的心情，也是她所给我的赐物了。在她是怎样不能知道，自己的情绪大约只是淡淡的一种恋慕，始终没有想到男女关系的问题。有一天晚上，宋姨太太忽然又发表对于姚姓的憎恨，末了说道："阿三那小东西，也不是好货，将来总要流落到拱辰桥去做婊子的。"

我不很明白做婊子这些是什么事情，但当时听了心里想道："她如果真是流落做了，我必定去救她出来。"大半年的光阴这样的消费过去了。到了七八月里因为母亲生病，我便离开杭州回家去了。一个月以后，阮升告假回去，顺便到我家里，说起花牌楼的事情，说道："杨家的三姑娘患霍乱死了。"我那时也很觉得不快，想象她的悲惨的死相，但同时却又似乎很是安静，仿佛心里有一块大石头已经放下了。[1]

1　周作人并没有忘记三姑娘，直至1946—1947年，还在南京老虎桥监狱里写诗怀念，诗云："吾怀花牌楼，难忘诸妇女。……隔壁姚氏妪，土著操杭语……留得干女儿，盈盈十四五。家住清波门，随意自来去。天时入夏秋，恶疾猛如虎。婉娈杨三姑，一日归黄土……"（《知堂杂诗抄·丙戌丁亥杂诗·花牌楼》）

哭摩

——陆小曼

多少你总得让我再见你一见你那可爱的脸，

我才有勇气往下过这寂寞的岁月，你来

吧，摩！

我深信世界上怕没有可以描写得出我现在心中如何悲痛的一支笔。不要说我自己这支轻易也不能动的一支。可是除此我更无可以泄我满怀伤怨的心的机会了，我希望摩的灵魂也来帮我一帮。苍天给我这一霹雳直打得我满身麻木得连哭都哭不出，浑身只是一阵阵地麻木。几日的昏沉直到今天才醒过来知道你是真的与我永别了。摩！漫说是你，就怕是苍天也不能知道我现在心中是如何地疼痛，如何地悲伤！从前听人说起"心痛"我老笑他们虚伪，我想人的心怎会觉得痛，这不过说说好听而已，谁知道我今天才真的尝着这一阵阵心中绞痛似的味儿了，你知道吗？曾记得当初我只要稍有不适即有你声声地在旁慰问，咳，如今我即使痛死也再没有你来低声下气地慰问了，摩，你是不是真的忍心永远地抛弃我了吗？你从前不是说你我最后的呼吸也须要连在一起才不负你我相爱之情吗？你为甚不早些告诉我你是要飞去呢？直到如今我还是不信你真的是飞了，我还是在这儿天天盼着你回来陪我呢，你快点将未了的事情办一下，来同我一同去到云外去优游去吧，你不要一个人在外逍遥，忘记了闺中还有我等着呢！

这不是做梦吗？生龙活虎似的你倒先我而去，留着一个病恹恹的我单独与这满是荆棘的前途来奋斗。志摩，这不是太惨了吗？我还留恋些什么？可是回头看看我那苍苍白发的老娘，我不由一阵阵只是心酸，也不敢再羡你的清闲爱你的优游了，我再哪有这勇气，去看她这个垂死的人而与你双双飞进这云天里去围绕着灿烂的明星跳跃，忘却人间有忧愁有痛苦像只没有牵挂的梅花鸟。这类的清福怕我还没有缘去享受！我知道我在尘世间的罪还未满，尚有许多的痛苦与罪孽还等着我去忍受呢。我现在唯一的希望是你倘能在一个深沉的黑夜里，静静凄凄地放轻了脚步走到我枕边，给我些无声的私语，让我在梦魂中知道你！我的大大是回家来探望你那忘不了你的爱来了，那时间，我决不张皇！你不要慌，没人会来惊扰我们的。多少你总得让我再见你一见你那可爱的脸，我才有勇气往下过这寂寞的岁月，你来吧，摩！我在等着你呢。

事到如今我一点也不怨，怨谁好？恨谁好？你我五年的相聚只是幻影，不怪你忍心去，只怪我无福留，我是太薄命了，十年来受尽千般的精神痛苦，万样的心灵摧残，直将我这一颗心打得破碎得不可收拾，到今天才真变了死灰的了，也再不会发出怎样的光彩了。好在人生的刺激与柔情我也曾尝味，我也曾容忍过了。现在又受到了人生是最可怕的死别。不死也不免是朵憔萎的花瓣，再见不着阳光晒也不见甘露漫了。从此我再不能知道世间有我的笑声了。

经过了许多的波折与艰难才达到了结合的日子，你我那时快乐直忘记了天有多高地有多厚，也忘记了世界上有"忧愁"二字，快活的日子过得与飞一般地快，谁知道，不久我们又走进忧城。病魔不断地来缠着我，它带着一切的烦恼，许多的痛苦，那时间，我身体上受到了不可言语的沉痛，你精神上也无端地沉入忧闷，我知道你见我病身吟呻，转侧床笫，你心坎里有说不出的怜惜，满肠中有无限的伤感，你虽慰我，我无从使你再有安逸的日子，摩，你为我荒废了你的诗意，失却了你的文兴，受着一般人的笑骂，我也只是在旁默然自恨，再没有法子使你像从前的欢笑。谁知你不顾一切地还是成天安慰我，叫我不要因为生些病就看得前途只是黑暗，有你永远在我身边不要再怕一切无味闲论。我就听着你静心平气地养，只盼着天可怜我们几年的奋斗，给我们一个安逸的将来，谁知到如今一切都是幻影，我们的梦再也不能实现了，早知有今日，何必当初你用尽心血地将我抚养呢？让我前年病死了，不是痛快得多吗？你常说天无绝人之路，守着好了，哪知天竟绝人如此，哪儿还有我可以平坦着走的道儿？这不是命吗？还说什么？摩，不是我到今天还在怨你，你爱我，你不该轻身，我为你坐飞机，吵闹不知几次，你还是忘了我的一切的叮咛，瞒着我独自飞上天去了。

完了，完了，从此我再听不见你那叽咕小语了，我心里的悲痛你知道吗？我的破碎的心留着等你来补呢，你知道吗？唉，你的灵魂也有时归来见我吗？那天晚上我在朦胧中见着你往我身边跑，只是那一霎眼的就不见了，等我跳着，叫着你，也再不见一些模糊的影子了，咳，你叫我从此怎样度此孤单的岁月呢？真是叫天天不应，叫地地不响，苍天因何给我这样残酷的刑罚呢！从此我再不信有天道，有人心，我恨这世界，我恨天，恨地，我一切都恨，我恨他们为什么抢了我的你去，生生地将我们两颗碰在一起的心离了开去，从此叫我无处去摸我那一半热血未干的心，你看，我这一半还是不断流着鲜红的血，流得满身只成了个血人，这伤痕除了那一半的心来补，还有什么法子叫她不滴滴地直流呢？痛死了有谁知道？终有一天流完了血自己就枯萎了。若是有时候你清风一阵地吹回来，见着我成天为你滴血的一颗心，不知道又要如何地怜惜何等地张皇呢，我知道你又看着两个小猫似眼珠儿乱叫乱叫着"看，看"的了，我希望你叫高声些，让我好听得见，你知道我现在只是一阵阵糊涂，有时人家大声地叫着我，我还是东张西望不知道声音是何处来的呢。大大，若是我正在接近着梦边，你也不要怕扰了我梦魂像平常似的不敢惊动我，你知道我再不会骂你了，就是你扰我从此不睡，我也不敢再怨了，因为我只要再能得到你一次的扰，我就可以责问他们因何骗我说你不再回来，让他们看看我的摩还是丢不了我，乖乖地又回来陪伴着我了，这一回我可一定紧紧地搂抱你再不能叫你飞出我的怀抱了。天呀！可怜我，再让你回来一次吧！我没有得罪你，为什么罚我呢？摩！我这儿叫你呢，我喉咙里叫得直要冒血了，你难道还没有听见吗？直叫到铁树开花，枯木发声我还是忍心等着，你一天不回来，我一天地叫，等着我哪天没有了气我才甘心地丢开这唯一的希望。

你这一走不单是碎了我的心，也收了许多朋友不少伤感的痛泪。这一下真使人们感觉到人世的可怕，世道的险恶，没有多少日子竟会将一个最纯白最天真、一个不可多见的人收了去，与人世永诀。在你也许到了天堂，在那儿还一样过你的快乐的日子，可是你将我从此就断送了，你从前不是说要我清风似的常在你左右吗？好，现在倒是你先化着一阵清风飞去天边了，我盼你有时也吹回来帮着我做些未了的事情，要是你有耐心的话，最好是等着我将人世的事办完了同着你一同化风飞去，让朋友们永远只听见我们的风声而不见我们的人影，在黑暗里我们好永远逍遥自由地飞舞。

我真不明白你我在佛经上是怎样一种因果，既有缘相聚又因何中途分散，难道说这也有一定的定数吗？记得我在北平的时候，那时还没有认识你，我是成天地过着那忍泪假笑的生活，我对人老含着一片至诚纯白的心而结果反遭不少人的讥诮，竟可以说没有一个人能明白我，能看透我。一个人遭着不可言语的痛苦，当然不由得生出厌世之心，所以我一天天地只是藏起了我的真实的心而拿一个虚伪的心来对付这混浊的社会，也不希望再有人来能真真地认识我明白我。甘心愿意从此自相摧残地快快了此残生，谁知道就在那时候会遇见了你，真如同在黑暗见着了一线光明，遂死的人又兑了一口气，生命从此转了一个方向。摩摩，你的明白我，真可算是透切极了，你好像是成天钻在我的心房里似的，直到现在还只是你一个人是真还懂得我的。我记得我每遭人辱骂的时候你老是百般地安慰我，使得我不得不对你生出一种不可言喻的感觉，我老说，有你，我还怕谁骂，你也常说，只要我老明白你，你的人是我一个人的，你又为什么要去顾虑别人的批评呢？所以我哪怕成天受着病魔的缠绕也再不敢有所怨恨的了。我只是对你满心的歉意，因为我们理想中的生活全被我的病魔来打破，连累着你成天也过那愁闷的日子。可是二年来我从来未见你有一些怨恨，也不见你因此对我稍

　心里种花，人生才不会荒芜

有冷淡之意。也难怪文伯要说，你对我的爱是Complete and True的了，我只怨我真是无以对你，这，我只好报之于将来了。

我现在不顾一切往着这满布荆棘的道路上去走，去寻一点真实的发展，你不是常怨我跟你几年没有受着一些你的诗意的陶镕吗？我也实在是惭愧，真也辜负你一片至诚的心了，我本来一百个放心，以为有你永久在我身边，还怕将来没有一个成功吗？谁知现在我只得独自奋斗，再不能得你一些相助了，可是我若能单独撞出一条光明的大路也不负你爱我的心了，愿你的灵魂在冥冥中给我一点勇气，让我在这生命的道上不感受到孤立的恐慌。我现在很决心地答应你从此再不张着眼睛做梦躺在床上乱讲，病魔也得最后与它决斗一下，不是它生便是我倒，我一定做一个你一向希望我所能成的一种人，我决心做人，我决心做一点认真的事业，虽然我头顶只见乌雪，地下满是黑影，可是我还记得你常说"受苦的人没有悲观的权利"。一个人决不能让悲观的慢性病侵蚀人的精神，让厌世的恶质染黑人的血液。我从此决不再病（你非暗中保护不可），我只叫我的心从此麻木，再不问世间有恋情，人们有欢娱，我早打发我心，我的灵魂去追随你的左右，像一朵水莲花拥扶着你往白云深处去缭绕，决不回头偷看尘间的作为，留下了我的躯壳同生命来奋斗，等到战胜的那一天，我盼你带着悠悠的乐声从一团彩云里脚踏莲花瓣来接我同去永久地相守，过吾们理想中的岁月。

　　一转眼，你已经离开了我一个多月了，在这段时间我也不知道是怎样地过来的，朋友们跑来安慰我，我也不知道是说什么好，虽然决心不生病，谁知一直到现在它也没有离开过我一天，摩摩，我虽然下了天大的决心，想与你争一口气，可是叫我怎生受得了每天每时悲念你时的一阵阵心肺的绞痛。到现在有时想哭，眼泪干得流不出一点；要叫，喉中痛得发不出声。虽然他们成天地逼我喝一碗碗的苦水，也难以补得了我心头的悲痛，怕的是我恹恹的病体再受不了那岁月的摧残，我的爱，你叫我怎样忍受没有你在我身边的孤单。你那幽默的灵魂为什么这些日也不给我一些声响？我晚间有时也叫他们走开，房间不让有一点声音，盼你在人静时给我一些声响，叫我知道你的灵魂是常常环绕着我，也好叫我在茫茫前途感觉到一点生趣，不然怕死也难以支持下去了。

摩！大大！求你显一显灵吧，你难道忍心真的从此不再同我说一句话了吗？不要这样的苛酷了吧！你看，我这孤单的人影从此怎样地去撞这艰难的世界？难道你看了不心痛吗？你一向爱我的心还存在吗？你为什么不响？大！你真的不响了吗？

给亡妇

——朱自清

> 不过我也只信得过你一个人，有些话我只
> 和你一个人说，因为世界上只你一个人真
> 关心我，真同情我。

　　谦，日子真快，一眨眼你已经死了三个年头了。这三年里世事不知变化了多少回，但你未必注意这些个，我知道。你第一惦记的是你几个孩子，第二便轮着我。孩子和我平分你的世界，你在日如此；你死后若还有知，想来还如此的。告诉你，我夏天回家来着，迈儿长得结实极了，比我高一头，闰儿，父亲说是最乖，可是没有先前胖了。采芷和转子都好。五儿全家夸她长得好看；却在腿上生了湿疮，整天坐在竹床上不能下来，看了怪可怜的。六儿，我怎么说好，你明白，你临终时也和母亲谈过，这孩子是只可以养着玩儿的，他左挨右挨，去年春天，到底没有挨过去。这孩子生了

几个月，你的肺病就重起来了。我劝你少亲近他，只监督着老妈子照管就行。你总是忍不住，一会儿提，一会儿抱的。可是你病中为他操的那一份儿心也够瞧的。那一个夏天他病的时候多，你成天儿忙着，汤呀，药呀，冷呀，暖呀，连觉也没有好好儿睡过。哪里有一分一毫想着你自己。瞧着他硬朗点儿你就乐，干枯的笑容在黄蜡般的脸上，我只有暗中叹气而已。

从来想不到做母亲的要像你这样。从迈儿起，你总是自己喂乳，一连四个都这样。你起初不知道按钟点儿喂，后来知道了，却又弄不惯；孩子们每夜里几次将你哭醒了，特别是闷热的夏季。我瞧你的觉老没睡足。白天里还得做菜，照料孩子，很少得空儿。你的身子本来坏，四个孩子就累你七八年。到了第五个，你自己实在不成了，又没乳，只好自己喂奶粉，另雇老妈子专管她。但孩子跟老妈子睡，你就没有放过心；夜里一听见哭，就竖起耳朵，工夫一大就得过去看。十六年初，和你到北京来，将迈儿、转子留在家里；三年多还不能去接他们，可真把你惦记苦了。你并不常提，我却明白。你后来说，你的病就是惦记出来的；那个自然也有份儿，不过大半还是养育孩子累的。你的短短的十二年结婚生活，有十一年耗费在孩子们身上；而你一点不厌倦，有多少力量用多少，一直到自己毁灭为止。你对孩子一般儿爱，不问男的女的，大的小的。也不想到什么"养儿防老，积谷防饥"，只拼命地爱去。你对于教育老实说有些外行，孩子们只要吃得好玩得好就成了。这也难怪你，你自己便是这样长大的。况且孩子们原都还小，吃和玩本来也要紧的。你病重的时候最放不下的还是孩子。病得只剩皮包骨了，总不信自己不会好；老说："我死了，这一大群孩子可苦了。"后来说送你回家。你想着可以看见迈儿和转子，也愿意；你万不想到会一去不返的。我送车的时候，你忍不住哭了，说："还不知能不能再见？"可怜，你的心我知道，你满想着好好儿带着六个孩子回来见我的。谦，你那时一定这样想，一定的。

除了孩子，你心里只有我。不错，那时你父亲还在。可是你母亲死了，他另有个女人，你老早就觉得隔了一层似的。出嫁后第一年你虽还一心一意依恋着他老人家，到第二年上我和孩子可就将你的心占住，你再没有多少工夫惦记他了。你还记得第一年我在北京，你在家里。家里来信说你待不住，常回娘家去。我动气了，马上写信责备你。你教人写了一封复信，说家里有事，不能不回去。这是你第一次也可以说第末次的抗议，我从此就没有给你写信。暑假时带了一肚子主意回去，但见了面，看你一脸笑，也就拉倒了。打这时候起，你渐渐从你父亲的怀里跑到我这儿。你换了金镯子帮助我的学费，叫我以后还你；但直到你死，我没有还你。你在我家受了许多气，又因为我家的缘故受你家里的气，你都忍着，这全为的是我，我知道。那回我从家乡一个中学半途辞职出走，家里人讽你也走，哪里走！只得硬着头皮往你家去。那时你家像个冰窖子，你们在窖里足足住了三个月。好容易我才将你们领出来了，一同上外省去。小家庭这样组织起来了。你虽不是什么阔小姐，可也是自小娇生惯养的。做起主妇来，什么都得干一两手；你居然做下去了，而且高高兴兴地做下去了。菜照例满是你做，可是吃的都是我们；你至多夹上两三筷子就算了，你的菜做得不坏，有一位老在行大大地夸奖过你。你洗衣服也不错，夏天我的绸大褂大概总是你亲自动手。你在家老不乐意闲着；坐前几个"月子"，老是四五天就起床，说是躺着家里事没条没理的。其实你起来也还不是没条理；咱们家那么多孩子，哪儿来条理？在浙江住的时候，逃过两回兵难，我都在北平。真亏你领着母亲和一群孩子东藏西躲的，末一回还要走多少里路，翻一道大岭。这两回差不多只靠你一个人。你不但带了母亲和孩子们，还带了我一箱箱的书；你知道我是最爱书的。在短短的十二年里，你操的心比人家一辈子还多；谦，你那样身子怎么经得住！你将我的责任一股脑儿担负了去，压死了你；我如何对得起你！

你为我的劳什子书也费了不少神；第一回让你父亲的男佣人从家乡捎到上海去。他说了几句闲话，你气得在你父亲面前哭了。第二回是带着逃难，别人都说你傻子。你有你的想头："没有书怎么教书？况且他又爱这个玩意儿。"其实你没有晓得，那些书丢了也并不可惜；不过教你怎么晓得，我平常从来没和你谈过这些个！总而言之，你的心是可感谢的。这十二年里你为我吃的苦真不少，可是没有过几天好日子。我们在一起住，算来也还不到五个年头。无论日子怎么坏，无论是离是合，你从来没对我发过脾气，连一句怨言也没有——别说怨我，就是怨命也没有过。老实说，我的脾气可不大好，迁怒的事儿有的是。那些时候，你往往抽噎着流眼泪，从不回嘴，也不号啕。不过我也只信得过你一个人，有些话我只和你一个人说，因为世界上只你一个人真关心我，真同情我。你不但为我吃苦，更为我分苦，我之有现在的精神，大半是你给我培养着的。这些年来我很少生病。但我最不耐烦生病，生了病就呻吟不绝，闹那侍候病的人。你是领教过一回的，那回只一两点钟，可是也够麻烦了。你常生病，却总不开口，挣扎着起来；一来怕搅我，二来怕没人做你那份儿事。我有一个坏脾气，怕听人生病，也是真的。后来你天天发烧，自己还以为南方带来的疟疾，一直瞒着我。明明躺着，听见我的脚步，一骨碌就坐起来。我渐渐有些奇怪，让大夫一瞧，这可糟了，你的一个肺已烂了一个大窟窿了！大夫劝你到西山去静养，你丢不下孩子，又舍不得钱；劝你在家里躺着，你也丢不下那份儿家务。越看越不行了，这才送你回去。明知凶多吉少，想不到只一个月工夫你就完了！本来盼望还见得着你，这一来可拉倒了。你也何尝想到这个？父亲告诉我，你回家独住着一所小住宅，还嫌没有客厅，怕我回去不便哪。

前年夏天回家，上你坟上去了。你睡在祖父母的下首，想来还不孤单的。只是当年祖父母的坟太小了，你正睡在圹底下。这叫作"抗圹"，在生人看来是不安心的；等着想办法吧。那时圹上圹下密密地长着青草，朝露浸湿了我的布鞋。你刚埋了半年多，只有圹下多出一块土，别的全然看不出新坟的样子。我和隐今夏回去，本想到你坟上来；因为她病了没来成。我们想告诉你，五个孩子都好，我们一定尽心教养他们，让他们对得起死了的母亲——你！谦，好好儿放心安睡吧，你。

墓畔哀歌

——石评梅

愿此恨吐向青空将天地包。

一

我由冬的残梦里惊醒，春正吻着我的睡靥低吟！晨曦照上了窗纱，望见往日令我醺醉的朝霞，我想让丹彩的云流，再认认我当年的颜色。

披上那件绣着蛱蝶的衣裳，姗姗地走到尘网封锁的妆台旁。呵！明镜里照见我憔悴的枯颜，像一朵颤动在风雨中苍白凋零的梨花。

我爱，我原想追回那美丽的皎容，祭献在你碧草如茵的墓旁，谁知道青春的残蕾已和你一同殉葬。

二

假如我的眼泪真凝成一粒一粒珍珠，到如今我已替你缀织成绕你玉颈的围巾。

假如我的相思真化作一颗一颗的红豆，到如今我已替你堆集永久勿忘的爱心。

哀愁深埋在我心头。

我愿燃烧我的肉身化成灰烬，我愿放浪我的热情怒涛汹涌，天呵！这蛇似的蜿蜒，蚕似的缠绵，就这样悄悄地偷去了我生命的青焰。

我爱，我吻遍了你墓头青草在日落黄昏；我祷告，就是空幻的梦吧，也让我再见见你的英魂。

三

明知道人生的尽头便是死的故乡，我将来也是一座孤冢，衰草斜阳。有一天呵！我离开繁华的人寰，悄悄入葬，这悲艳的爱情一样是烟消云散，昙花一现，梦醒后飞落在心头的都是些残泪点点。

然而我不能把记忆毁灭，把埋我心墟上的残骸抛却，只求我能永久徘徊在这垒垒荒冢之间，为了看守你的墓茔，祭献那茉莉花环。

我爱，你知否我无言的忧衷，怀想着往日轻盈之梦。梦中我低低唤着你小名，醒来只是深夜长空有孤雁哀鸣！

四

黯淡的天幕下，没有明月也无星光，这宇宙像数千年的古墓；皑皑白骨上，飞动闪映着惨绿的磷花。我匍匐哀泣于此残锈的铁栏之旁，愿烘我愤怒的心火，烧毁这黑暗丑恶的地狱之网。

命运的魔鬼有意捉弄我弱小的灵魂，罚我在冰雪寒天中，寻觅那凋零了的碎梦。求上帝饶恕我，不要再惨害我这仅有的生命，剩得此残躯在，容我杀死那狞恶的敌人！

我爱，纵然宇宙变成烬余的战场，野烟都腥；在你给我的甜梦里，我心长系驻于虹桥之中，赞美永生！

五

我整天跏蹰于垒垒荒冢，看遍了春花秋月不同的风景，抛弃了一切名利虚荣，来到此无人烟的旷野，哀吟缓行。我登了高岭，向云天苍茫的西方招魂，在绚烂的彩霞里，望见了我沉落的希望之陨星。

远处是烟雾冲天的古城，火星似金箭向四方飞游！隐约地听见刀枪搏击之声，那狂热的欢呼令人震惊！在碧草萋萋的墓头，我举起了胜利的金觥，饮吧我爱，我奠祭你静寂无言的孤冢！

星月满天时，我把你遗我的宝剑纤手轻擎，宣誓向长空：愿此生永埋了英雄儿女的热情。

六

假如人生只是虚幻的梦影，那我这些可爱的映影，便是你赠予我的全生命。我常觉你在我身后的树林里，骑着马轻轻地走过去。常觉你停息在我的窗前，徘徊着等我的影消灯熄。常觉你随着我唤你的声音悄悄走近了我，又含泪退到了墙角。常觉你站在我低垂的雪帐外，哀哀地对月光而叹息！

在人海尘途中，偶然逢见个像你的人，我停步凝视后，这颗心呵！便如秋风横扫落叶般冷森凄零！我默思我已经得到爱的之心，如今只是荒草夕阳下，一座静寂无语的孤冢。

我的心是深夜梦里，寒光闪灼的残月，我的情是青碧冷静，永不再流的湖水。残月照着你的墓碑，湖水环绕着你的坟，我爱，这是我的梦，也是你的梦，安息吧，敬爱的灵魂！

七

我自从混迹到尘世间，便忘却了我自己；在你的灵魂我才知是谁？

记得也是这样夜里，我们在河堤的柳丝中走过来，走过去。我们无语，心海的波浪也只有月儿能领会。你倚在树上望明月沉思，我枕在你胸前听你的呼吸。抬头看见黑翼飞来掩遮住月儿的清光，你抖颤着问我：假如这苍黑的翼是我们的命运时，应该怎样？

我认识了欢乐，也随来了悲哀，接受了你的热情，同时也随来了冷酷的秋风。往日，我怕恶魔的眼睛凶，白牙如利刃；我总是藏伏在你的腋下趑趄不敢进，你一手执宝剑，一手扶着我践踏着荆棘的途径，投奔那如花的前程！

如今，这道上还留着你斑斑血痕，恶魔的眼睛和牙齿再是那样凶狠。但是我爱，你不要怕我孤零，我愿用这一纤细的弱玉腕，建设那如意的梦境。

八

春来了，催开桃蕾又飘到柳梢，这般温柔慵懒的天气真使人恼！她似乎躲在我眼底有意缭绕，一阵阵风翼，吹起了我灵海深处的波涛。

这世界已换上了装束，如少女般那样娇娆，她披拖着浅绿的轻纱，蹁跹在她那姹紫嫣红中舞蹈。伫立于白杨下，我心如捣，强睁开模糊的泪眼，细认你墓头，萋萋芳草。

满腔辛酸与谁道？愿此恨吐向青空将天地包。它纠结围绕着我的心，像一堆枯黄的蔓草，我爱，我待你用宝剑来挥扫，我待你用火花来焚烧。

九

垒垒荒冢上，火光熊熊，纸灰缭绕，清明到了。这是碧草绿水的春郊。墓畔有白发老翁，有红颜年少，向这一抔黄土致不尽的怀忆和哀悼，云天苍茫处我将魂招；白杨萧条，暮鸦声声，怕孤魂归路迢迢。

逝去了，欢乐的好梦，不能随墓草而复生，明朝此日，谁知天涯何处寄此身？叹漂泊我已如落花浮萍，且高歌，且痛饮，拼一醉烧熄此心头余情。

我爱，这一杯苦酒细细斟，邀残月与孤星和泪共饮，不管黄昏，不论夜深，醉卧在你墓碑旁，任霜露侵凌吧！我再不醒。

爱眉小札（书信节选）

——徐志摩

我人虽走，我的心不离开你，要知道在我
与你的中间有的是无形的精神线，彼此的
悲欢喜怒此后是会相通的，你信不信？

龙龙：

我的肝肠寸寸地断了，今晚再不好好地给你一封信，再
不把我的心给你看，我就不配爱你，就不配受你的爱。我的
小龙呀，这实在是太难受了，我现在不愿别的，只愿我伴着
你一同吃苦——你方才心头一阵阵地绞痛，我在旁边只是咬
紧牙关闭着眼替你熬着，龙呀，让你血液里的讨命鬼来找着
我吧，叫我眼看你这样生生地受罪，我什么意念都变了灰
了！你吃现鲜鲜的苦是真的，叫我怨谁去？

离别当然是你今晚纵酒的大原因，我先前只怪我自己不
留意，害你吃成这样，但转想你的苦，分明不全是酒醉的

苦，假如今晚你不喝酒，我到了相当的时刻得硬着头皮对你说再会，那时你就会舒服了吗？再回头受逼迫的时候，就会比醉酒的病苦强吗？咳，你自己说得对，顶好是醉死了完事，不死也得醉，醉了多少可以自由发泄，不比死闷在心窝里好吗？所以我一想到你横竖是吃苦，我的心就硬了。我只恨你不该留这许多人一起喝，人一多就糟，要是单是你与我对喝，那时要醉就同醉，要死也死在一起，醉也是一体，死也是一体，要哭让眼泪和成一起，要心跳让你我的胸膛贴紧在一起，这不是在极苦里实现了我们想望的极乐，从醉的大门走进了大解脱的境界，只要我们灵魂合成了一体，这不就满足了我们最高的想望吗？

啊，我的龙，这时候你睡熟了没有？你的呼吸调匀了没有？你的灵魂暂时平安了没有？你知不知道你的爱正在含着两眼热泪在这深夜里和你说话，想你，疼你，安慰你，爱你？我好恨呀，这一层的隔膜，真的全是隔膜，这仿佛是你淹在水里挣扎着要命，他们却掷下瓦片石块来算是救渡你，我好恨！这酒的力量还不够大，方才我站在旁边我是完全准备了的，我知道我的龙儿的心坎儿只嚷着"我冷呀，我要他的热胸膛偎着我；我痛呀，我要我的他搂着我；我倦呀，我要在他的手臂内得到我最想望的安息与舒服！"——但是实际上我只能在旁边站着看，我稍微地一帮助就受人干涉，意思说："不劳费心，这不关你的事，请你早去休息吧，她不用你管！"哼，你不用我管！我这难受，你大约也有些觉着吧！

方才你接连了叫着，"我不是醉，我只是难受，只是心里苦"，你那话一声声像是钢铁锥子刺着我的心：愤，慨，恨，急的各种情绪就像潮水似的涌上了胸头。那时我就觉得什么都不怕，勇气像天一般的高，只要你一句话出口什么事我都干！为你，我抛弃了一切只是本分；为你，我还顾得什么性命与名誉——真的，假如你方才说出了一半句着边际着颜色的话，此刻你我的命运早已变定了方向都难说哩！

你多美呀，我醉后的小龙，你那惨白的颜色与静定的眉目，使我想象起你最后解脱时的形容，使我觉着一种逼迫赞美崇拜的激震，使我觉着一种美满的和谐——龙，我的至爱，将来你永诀尘俗的俄顷，不能没有我在你的最近的边旁，你最后的呼吸一定得明白报告这世间你的心是谁的，你的爱是谁的，你的灵魂是谁的！龙呀，你应当知道我是怎样地爱你，你占有我的爱，我的灵，我的肉，我的"整个儿"

永远在我爱的身旁旋转着，永久地缠绕着。真的，龙龙，你已经激动了我的痴情。我说出来你不要怕，我有时真想拉你一同死去，去到绝对的死的寂灭里去实现完全的爱，去到普遍的黑暗里去寻求唯一的光明——咳！今晚要是你有一杯毒药在近旁，此时你我竟许早已在极乐世界了。说也怪，我真的不沾恋这形式的生命，我只求一个同伴，有了同伴我就情愿欣欣地瞑目。龙龙，你不是已经答应做我永久的同伴了吗？我再不能放松你，我的心肝，你是我的，你是我这一辈子唯一的成就，你是我的生命，我的诗。你完全是我的，一个个细胞都是我的——你要说半个不字，叫天雷打死我完事。

我在十几个钟头内就要走了，丢开你走了，你怨我忍心不是？我也自认我这回不得不硬一硬心肠，你也明白我这回去是我精神的与知识的"散拿吐瑾"。我受益就是你受益，我此去得加倍地用心，你在这时期内也得加倍地奋斗，我信你的勇气，这回就是你试验、实证你勇气的机会。我人虽走，我的心不离开你，要知道在我与你的中间有的是无形的精神线，彼此的悲欢喜怒此后是会相通的，你信不信？（身无彩凤双飞翼，心有灵犀一点通。）我再也不必嘱咐，你已经有了努力的方向，我预知你一定成功，你这回冲锋上去，死了也是成功！有我在这里，阿龙，放大胆子，上前去吧，彼此不要辜负了，再会！

一个南方的姑娘

——萧红

> 环境和我不同的人来和我做朋友，我感不
> 到兴味。

郎华告诉我一件新的事情，他去学开汽车回来的第一句话说：

"新认识一个朋友，她从上海来，是中学生。过两天还要到家里来。"

第三天，外面打着门了！我先看到的是她头上扎着漂亮的红带，她说她来访我。老王在前面引着她。大家谈起来，差不多我没有说话，我听着别人说。

"我到此地四十天了！我的北方话还说不好，大概听得懂吧！老王是我到此地才认识的。那天巧得很，我看报上为着戏剧在开着笔战，署名郎华的我同情他……我同朋友们说：这位郎华先生是谁？论文作得很好。因为老王的介绍，

上次，见到郎华……"

我点着头，遇到生人，我一向是不会说什么话。她又去拿桌上的报纸，她寻找笔战继续的论文。我慢慢地看着她，大概她也慢慢地看着我吧！她很漂亮，很素净，脸上不涂粉，头发没有卷起来，只是扎了一条红绸带，这更显得特别风味，又美又净，葡萄灰色的袍子上面，有黄色的花，只是这件袍子我看不很美，但也无损于美。到晚上，这美人似的人就在我们家里吃晚饭。在吃饭以前，汪林也来了！汪林是来约郎华去滑冰，她从小孔窗看了一下：

"郎华不在家吗？"她接着"嗯"了一声。

"你怎么到这里来？"汪林进来了。

"我怎么就不许到这里来？"

我看得她们这样很熟的样子，更奇怪。我说：

"你们怎么也认识呢？"

"我们在舞场里认识的。"汪林走了以后她告诉我。

从这句话当然也知道程女士也是常常进舞场的人了！汪林是漂亮的小姐，当然程女士也是，所以我就不再留意程女士了。

环境和我不同的人来和我做朋友，我感不到兴味。

郎华肩着冰鞋回来，汪林大概在院中也看到了他，所以也跟进来。这屋子就热闹了！汪林的胡琴口琴都跑去拿过来。郎华唱："杨延辉坐宫院。"

"哈呀呀，怎么唱这个？这是'奴心未死'！"汪林嘲笑他。

在报纸上就是因为旧剧才开笔战。郎华自己明明写着，唱旧戏是奴心未死。

并且汪林耸起肩来笑得背脊靠住暖墙，她带着西洋少妇的风情。程女士很黑，是个黑姑娘。

又过几天，郎华为我借一双滑冰鞋来，我也到冰场上去。程女士常到我们这里来，她是来借冰鞋，有时我们就一起去，同时新人当然一天比一天熟起来。她渐渐对郎华比对我更熟，她给郎华写信了，虽然常见，但是要写信的。

又过些日子，程女士要在我们这里吃面条，我到厨房去调面条。

"……喳……喳……"等我走进屋，他们又在谈别的了！女士只吃一小碗面就说："饱了。"

我看她近些日子更黑一点，好像她的"愁"更多了！她不仅仅是"愁"，因为愁并不兴奋，可是程女士有点兴奋。

我忙着收拾家具，她走时我没有送她，郎华送她出门。

我听得清清楚楚的是在门口："有信吗？"

或者不是这么说，总之跟着一声"喳喳"之后，郎华很响地："没有。"

又过了些日子，程女士就不常来了，大概是她怕见我。

程女士要回南方，她到我们这里来辞行，有我做障碍，她没有把要诉说出来的"愁"尽量诉说给郎华。她终于带着"愁"回南方去了。

第二章　浮生浅淡，人生欢喜亦自在

十五年了，我还是总得到那古园里去，去它的老树下或荒草边或颓墙旁，去默坐，去呆想，去推开耳边的嘈杂理一理纷乱的思绪，去窥看自己的心魂。

寂寞

——梁实秋

> 我所谓的寂寞，是随缘偶得，无须强求，一霎间的妙悟也不嫌短，失掉了也不必怅惘。

寂寞是一种清福。我在小小的书斋里，焚起一炉香，袅袅的一缕烟线笔直地上升，一直戳到顶棚，好像屋里的空气是绝对的静止，我的呼吸都没有搅动出一点波澜似的。我独自暗暗地望着那条烟线发怔。屋外庭院中的紫丁香树还带着不少嫣红焦黄的叶子，枯叶乱枝时时的声响可以很清晰地听到，先是一小声清脆的折断声，然后是撞击着枝干的磕碰声，最后是落到空阶上的拍打声。这时节，我感到了寂寞。在这寂寞中我意识到了我自己的存在——片刻的孤立的存在。这种境界并不太易得，与环境有关，但更与心境有关。寂寥不一定要到深山大泽里去寻求，只要内心清净，随便在市廛里，陋巷里，都可以感觉到一种空灵悠逸的境界，所谓"心远地自偏"是也。在这种境界中，我们可以在想象中翱翔，跳出尘世的渣滓，与古人游。所以我说，寂寞是一种清福。

在礼拜堂里我也有过同样的经验。在伟大庄严的教堂里，从彩色玻璃透进一股不很明亮的光线，沉重的琴声好像是把人的心都洗淘了一番似的，我感觉到了我自己的渺小。这渺小的感觉便是我意识到自己存在的明证。因为平常连这一点点渺小之感都不会有的！

我的朋友萧丽先生卜居在广济寺里，据他告诉我，在最近一个夜晚，月光皎洁，天空如洗，他独自踱出僧房，立在大雄宝殿前的石阶上，翘首四望，月色是那样地晶明，蓊郁的树是那样地静止，寺院是那样地肃穆，他忽然顿有所悟，悟到永恒，悟到自我的渺小，悟到四大皆空的境界。我相信一个人常有这样的经验，他的胸襟自然豁达辽阔。

但是寂寞的清福是不容易长久享受的。它只是一瞬间的存在。世间有太多的东西不时地在提醒我们，提醒我们一件煞风景的事实：我们的两只脚是踏在地上的呀！一只苍蝇撞在玻璃窗上挣扎不出，一声"老爷太太可怜可怜我这瞎子吧"，都可以使我们从寂寞中间一头栽出去，栽到苦恼烦躁的漩涡里去，至于"催租吏"一类的东西之打上门来，或是"石壕吏"之类的东西半夜捉人，其足以使人败兴生气，就更不待言了。这还是外界的感触，如果自己的内心先六根不净，随时都意马心猿，则虽处在最寂寞的境地里，他也是慌成一片忙成一团，六神无主，暴躁如雷，他永远不得享受寂寞的清福。

如此说来，所谓寂寞不即是一种唯心论，一种逃避现实的现象吗？也可以说是。一个高蹈隐遁的人，在从前的社会里还可以存在，而且还颇受人敬重，在现在的社会里是绝对地不可能。现在似乎只有两种类型的人了，一是在现实的泥淖中打转的人，一是偶尔也从泥淖中昂起头来喘几口气的人。寂寞便是供人喘息的几口清新空气。喘过几口气之后还得耐心地低头钻进泥淖里去。所以我对于能够昂首物外的举动并不愿再多苛责。逃避现实，如果现实真能逃避，吾寤寐以求之！

有过静坐经验的人该知道，最初努力把握着自己的心，叫它什么也不想，那是多么困难的事！那是强迫自己入于寂寞的手段，所谓参禅入定全属于此类。我所赞美的寂寞，稍异于是。我所谓的寂寞，是随缘偶得，无须强求，一霎间的妙悟也不嫌短，失掉了也不必怅惘。但凡我有一刻寂寞时，我要好好地享受它。

偶然草

—— 石评梅

> 我蔑视人类的虚伪和扰攘，然而我又不幸
> 日在虚伪扰攘中辗转困人，这就是使我痛
> 恨于无穷的苦恼！

算是懒，也可美其名曰忙。近来不仅连四年未曾间断的日记不写，便是最珍贵的天辛的遗照，置在案头已经灰尘迷漫，模糊的看不清楚是谁。朋友们的信堆在抽屉里有许多连看都不曾看，至于我的笔成了毛锥，墨盒变成干绵自然是不必说了，屋中零乱的杂琐的状态，更是和我的心情一样，不能收拾，也不能整理。连自己也莫明其妙为什么这样颓废？而我最奇怪的是心灵的失落，常觉和遗弃了什么重要的东西一般，总是神思恍惚，少魂失魄。

不会哭！也不能笑！一切都无感。这样凄风冷月的秋景，这样艰难苦痛的生涯，我应该多愁善感，但是我并不曾

为了这些介意。几个知己从远方写多少安慰我同情我的话，我只呆呆的读，读完也不觉什么悲哀，更说不到喜欢了。我很恐惧自己，这样的生活，毁灭了灵感的生活，不是一种太残忍的酷刑吗？对于一切都漠然的人生，这岂是我所希望的人生。我常想做悲剧中的主人翁，但悲剧中的风云惨变，又哪能任我这样平淡冷寂的过去呢！

我想让自己身上燃着火，烧死我。我想自己手里握着剑，杀死人。无论怎样最好痛快一点去生，或者痛快点求死。这样平淡冷寂，漠然一切的生活；令我愤怒，令我颓废。

心情过分冷静的人，也许就是很热烈的人；然而我的力在哪里呢？终于在人群灰尘中遗失了。车轨中旋转多少百结不宁的心绪，来来去去，百年如一日的过去了。就这样把我的名字埋没在十字街头的尘土中吗？我常在奔波的途中这样问自己。

多少花蕾似的希望都揉碎了。落叶般的命运只好让秋风任意的飘泊吹散吧！繁华的梦远了，春还不曾来，暂时的殡埋也许就是将来的滋荣。

远方的朋友们！我在这长期沉默中，所能告诉你们的只有这几句话。我不能不为了你们的关怀而感动，我终于是不能漠然一切的人。如今我不希求于人给我什么，所以也不曾得到烦恼和爱怨。不过我蔑视人类的虚伪和扰攘，然而我又不幸日在虚伪扰攘中辗转因人，这就是使我痛恨于无穷的苦恼！

离别和聚合我倒是不介意，心灵的交流是任天下什么东西都阻碍不了的；反之，虽日相晤对，咫尺何非天涯。远方的朋友愿我们的手在梦里互握着，虽然寂外古都，触景每多忆念，但你们这一点好意远道缄来时，也了解我万种愁怀呢！

零余者

——郁达夫

我这样生在这里，世界和世界上的人类，也不能受一点益处；反之，我死了，世界社会，也没有一些儿损害，这是千真万确的。

Arm am Beutel, Krank am Herzen,

Schleppt' ich meine langen Tage.

Armut ist die grösste plage,

Reichtum ist das höchste Gut.

不晓在什么时候什么地方看见过这几句诗，轻轻地在口头念着，我两脚合了微吟的拍子，又慢慢地在一条城外的大道上走了。

袋里无钱，心头多恨。

这样无聊的日子，教我挨到何时始尽。

啊啊，贫苦是最大的灾星，

富裕是最大的幸运。

诗的意思，大约不外乎此，实际上人生的一切，我想也尽于此了。"不过令人愁闷的贫苦，何以与我这样的有缘？使人生快乐的富裕，何以总与我绝对的不来接近？"我眼睛呆呆地注视着前面空处，两脚一步一步踏上前去，一面口中虽在微吟，一面于无意中又在做这些牢骚的想头。

是日斜的午后，残冬的日影，大约不久也将收敛光辉了；城外一带的空气，仿佛要凝结拢来的样子。视野中散在那里的灰色的城墙，冰冻的河道，沙土的空地荒田，和几丛枯曲的疏树，都披了淡薄的斜阳，在那里伴人的孤独。一直前面大约在半里多路前的几个行人，因为他们和我中间距离太远了，在我脑里竟不发生什么影响。我觉得他们的几个肉体，和散在道旁的几家泥屋及左面远立着的教会堂，都是一类的东西；散漫零乱，中间没有半点联络，也没有半点生气，当然也没有一些儿的情感了。

"唉嘿，我也不知在这里干什么？"

微吟倦了，我不知不觉便轻轻地长叹了一声，慢慢地走去，脑里的思想，只往昏暗的方面进行；我的头愈俯愈下了。

——实在我的衰退之期，来得太早了。……像这样一个人在郊外独步的时候，若我的身子忽能同一堆春雪遇着热汤似的消化得干干净净，岂不很好吗？……回想起来，又觉得我过去二十余年的生涯是很长的样子，……我什么事情没有做过？……儿子也生了，女人也有了，书也念了，考也考过好几次了，哭也哭过，笑也笑过，嫖赌吃着，心里发怒，受人欺辱，种种事情，种种行为，我都经验过了，我还有什么事情没有做过？……等一等，让我再想一想看，究竟有没有什么我没有经验过的事情了，……自家死还没有死过，啊，还有还有，我高声骂人的事情还不曾有过，譬如气得不得了的时候，放大了喉咙，把敌人大骂一场的事情。就是复仇复了的时候的快感，我还没有感得过。……啊啊！还有还有，监牢还不曾坐过，……唉，但是假使这些事情，都被我经验过了，也有什么？结果还不是一个空吗？……嘿嘿，嗯嗯。——到了这里，我的思想的连续又断了。

袋里无钱，心头多恨，

这样无聊的日子，教我挨到何时始尽。

啊啊！贫苦是最大的灾星，

富裕是最大的幸运。

　　微微地重新念着前诗，我抬起头来一看，觉得太阳好像往西边又落了一段，倒在右首路上的影子，更长起来了。从后面来的几乘人力车，也慢慢地赶过了我。一边让他们的路，一边我听取了坐车的人和车夫在那里谈话的几句断片。他们的话题，好像是关于女人的事情。啊啊，可羡的你们这几个虚无主义者，你们大约是上前边黄土坑去买快乐去的吧，我见了你们，倒恨起我自家没有以前的生趣来了。

　　一边想一边往西北地走去，不知不觉已走到了京绥铁路的路线上。从此偏东北地再进几步，经过了白房子的地狱，便可顺了通万牲园的大道进西直门去的。苍凉的暮色，从我的灰黄的周围逼近拢来，那倾斜的赤日，也一步一步地低垂下去了。大好的夕阳，留不多时，我自家以为在冥想里沉没得不久，而四边的急景，却告诉我黄昏将至了。在这荒野里的物体的影子，渐渐地散漫了起来。不知从何处吹来的微风，也有些急促的样子，带着一种惨伤的寒意。后面蹀蹀蹀蹀地又来了一乘空的运货马车，一个披着光面皮里子的车夫，默默地斜坐在前头车板上吃烟，我忽而感觉得天寒岁暮，好像一个人漂泊在俄国的乡下。马车去远了，白房子的门外，有几乘黑旧的人力车停在那里。车夫大约坐在踏脚板上休息，所以看不出他们的影子来。我避过了白房子的地狱，从一块高墙上的地里，打算走上通西直门的大道上去。从这高处向四边一望，见了凋丧零乱排列灰色幕上的野景，更使我感得了一种日暮的悲哀。

——唉唉，人生实在不知究竟是什么一回事？歌歌哭哭，死死生生，……世界社会，兄弟朋友，妻子父母，还有恋爱，啊吓，恋爱，恋爱，恋爱，……还有金钱，……啊啊……

Armut ist die grösste plage,

Reichtum ist das höchste Gut.

好诗好诗！

The curfew tolls the knell of parting day,

The lowing herd winds slowly o'er the lea,

The ploughman homeward plods his weary way

And leaves the world to darkness and to me.

好诗好诗!

And leaves the world to darkness and to me.

　　我的错杂的思想，又这样地弥散开来了。天空高处，寒风呜呜地响了几下。我俯倒了头，尽往东北地走去，天就快黑了。

　　远远的城外河边，有几点灯火，看得出来；大约紫蓝的天空里，也有几点疏星放起光来了吧？大道上断续的有几乘空马车来往，车轮的蹀蹀蹀蹀的声音，好像是空虚的人生的反响，在灰暗寂寞的空气中散了。我遵了大道，以几点灯火作了目标，将走近西直门的时候，模糊隐约的我的脑里，忽而起了一个霹雳。到这时候止，常在脑里起伏的那些毫无系统的思想，都集中在一个中心点上，成了一个霹雳，显现了出来。

"我是一个真正的零余者！"

这就是霹雳的核心，另外的许多思想，不过是那些附属在这霹雳上的枝节而已。这样的忽而发现了思想的中心点，以后我就用了科学的方法推想了下去：

——我的确是一个零余者，所以对于社会人世是完全没有用的。a superfluous man！ a useless man！ superfluous！ superfluous……[1]证据呢？这是很容易证明的……

这时候，我的两只脚已经在西直门内的大街上运转。四边来往的人类，究竟比城外混杂得多。天也已经昏黑，道旁的几家破店和小摊，都点上灯了。

——第一……我且从远处说起吧……第一，我对于世界是完全没有用的。……我这样生在这里，世界和世界上的人类，也不能受一点益处；反之，我死了，世界社会，也没有一些儿损害，这是千真万确的。……第二，且说中国吧！对于这样混乱的中国，我竟不能制造一个炸弹，杀死一个坏人。中国生我养我，有什么用处呢？……再缩小一点，嗳，

---

1 译为"一个多余的人！一个没用的人！多余的！多余的……"

再缩小一点，第三，第三且说家庭吧！啊，对于我的家庭，我却是个少不得的人了。在外国念书的时候，已故的祖母听见说我有病，就要哭得两眼红肿。就是半男性的母亲，当我有一次醉死在朋友家里的时候，也急得大哭起来。此外我的女人，我的小孩，当然是少我不得的！哈哈，还好还好，我还是个有用之人。

——想到了这里，我的思想上又起了一个冲突。前刻发现的那个思想上的霹雳，几乎可以取消的样子，但迟疑了一会，我终究解决不了这个问题的矛盾性。抬起头来一看，我才知道我的身体已被我搬在一条比较热闹的长街上行动。街路两旁的灯火很多，来往的车辆也不少，人声也很嘈杂，已经是真正的黄昏时候了。

——像这样的时候，若我的女人在北京，大约我总不会到市上来飘荡的吧！在灯火底下，抱了自家的儿子，一边吻吻他的小嘴，一边和来往厨下忙碌的她问答几句，踱来踱去，踱去踱来，多少快乐啊！啊啊，我对于我的女人，还是一个有用之人哩！不错不错，前一个疑问还没有解决，我究竟还是一个有用之人吗？

——这时候，我意识里的一切周围的印象，又消失了。

我还是伏倒了头，慢慢地在解决我的疑问：

——家庭，家庭，……第三，家庭，……让我看，哦，啊，我对于家庭还是一个完全无用之人！……丝毫没有功利主义的存心，完全沉溺于盲目之爱的我的祖母，已经死了。母亲呢？……啊啊，我读书学术，到了现在，还不能做出一点轰轰烈烈的事业来，就是这几个钱……

——我那时候两只手却插在大氅的袋内，想到了这里，两只手自然而然地向袋里散放着的几张钞票捏了一捏。

——啊啊，就是这几块钱，还是昨天从母亲那里寄出来的，我对于母亲有什么用处呢？我对于家庭有什么用处呢？我的女人，我不去娶她，总有人会娶她的；我的小孩，我不去生他，也有人会生他的，我完全是一个无用之人吓，我依旧是一个无用之人吓！

——急转直下地想到了这里，我的胸前忽觉得有一块铁板压着似的难过得很。我想放大了喉咙，啊的大叫它一声，但是把嘴张了好几次，喉头终放不出音来。没有方法，我只能放大了脚步，向前同跑也似的急进了几步。这样的不知走了几分钟，我看见一乘人力车跑上前来兜我的买卖。我不问皂白，跨上了车就坐定了。车夫问我上什么地方去，我用手向前指指，喉咙只是和被热铁封锁住的一样，一句话也讲不出来。人力车向前面跑去，我只见许多灯火人类，和许多不能类列的物体，在我的两旁旋转。

"前进，前进！像这样的前进吧！不要休止，不要停下来！"

我心里一边在这样的希望，一边却在恨车夫跑得太慢。

论无话可说

一般人只是生活，按着不同的程度照例
生活。

十年前我写过诗；后来不写诗了，写散文；入中年以
后，散文也不大写得出了——现在是，比散文还要"散"的
无话可说！许多人苦于有话说不出，另有许多人苦于有话无
处说；他们的苦还在话中，我这无话可说的苦却在话外。我
觉得自己是一张枯叶，一张烂纸，在这个大时代里。

在别处说过，我的"忆的路"是"平如砥""直如矢"
的；我永远不曾有过惊心动魄的生活，即使在别人想来最风
华的少年时代。我的颜色永远是灰的。我的职业是三个教
书；我的朋友永远是那么几个，我的女人永远是那么一个。
有些人生活太丰富了，太复杂了，会忘记自己，看不清楚自
己，我是什么时候都"了了玲玲地"知道，记住，自己是怎

样简单的一个人。

但是为什么还会写出诗文呢？——虽然都是些废话。这是时代为之！十年前正是"五四"运动的时期，大伙儿蓬蓬勃勃的朝气，紧逼着我这个年轻的学生；于是乎跟着人家的脚印，也说说什么自然，什么人生。但这只是些范畴而已。我是个懒人，平心而论，又不曾遭过怎样了不得的逆境；既不深思力索，又未亲自体验，范畴终于只是范畴，此处也只是廉价的，新瓶里装旧酒的感伤。当时芝麻黄豆大的事，都不惜郑重地写出来，现在看看，苦笑而已。

先驱者告诉我们说自己的话。不幸这些自己往往是简单的，说来说去是那一套；终于说的听的都腻了。——我便是其中的一个。这些人自己其实并没有什么话，只是说些中外贤哲说过的和并世少年将说的话。真正有自己的话要说的是不多的几个人；因为真正一面生活一面吟味那生活的只有不多的几个人。一般人只是生活，按着不同的程度照例生活。

这点简单的意思也还是到中年才觉出的；少年时多少有些热气，想不到这里。中年人无论怎样不好，但看事看得清楚，看得开，却是可取的。这时候眼前没有雾，顶上没有云彩，有的只是自己的路。他负着经验的担子，一步步踏上这条无尽的然而实在的路。他回看少年人那些情感的玩意，觉得一种轻松的意味。他乐意分析他背上的经验，不止是少年时的那些；他不愿远远地捉摸，而愿剥开来细细地看。也知道剥开后便没了那跳跃着的力量，但他不在乎这个，他明白在冷静中有他所需要的。这时候他若偶然说话，决不会是感伤的或印象的，他要告诉你怎样走着他的路，不然就是，所剥开的是些什么玩意。但中年人是很胆小的；他听别人的话渐渐多了，说了的他不说，说得好的他不说。所以终于往往无话可说——特别是一个寻常的人像我。但沉默又是寻常的人所难堪的，我说苦在话外，以此。

中年人若还打着少年人的调子，——姑不论调子的好坏——原也未尝不可，只总觉"像煞有介事"。他要用很大的力量去写出那冒着热气或流着眼泪的话；一个神经敏锐的人对于这个是不容易忍耐的，无论在自己在别人。这好比上了年纪的太太小姐们还涂脂抹粉地到大庭广众里去卖弄一般，是殊可不必的了。

其实这些都可以说是废话，只要想一想咱们这年头。这年头要的是"代言人"，而且将一切说话的都看作"代言人"；压根儿就无所谓自己的话。这样一来，如我辈者，倒可以将从前狂妄之罪减轻，而现在是更无话可说了。

但近来在戴译《唯物史观的文学论》里看到，法国俗语"无话可说"竟与"一切皆好"同意。呜呼，这是多么损的一句话，对于我，对于我的时代！

快活得要飞了

——老舍

生命的一部分变成了一本书！

　　从二十八岁起练习写作，至今已有整十二年。在这十二年里，有三次真的快活——快活得连话也说不出，心里笑而泪在眼圈中。第一次是看到自己的第一本书印了出来。几个月的心血，满稿纸的勾抹点画，忽然变成一本很齐整的小书！每个铅字都静静的，黑黑的，在那儿排立着，一定与我无关，而又颇面善！生命的一部分变成了一本书！我与它似乎并没有多大关系，因为我决不会排字与钉书，或像产生小孩似的从身体里降落下八开本或十二开本。可是，我又与它极有关系，像我的耳目口鼻那样绝属于我自己，丑俊大小都没法再改，而自己的鼻子虽歪，也要对镜找出它的美点来呀！

　　第二次是当我的小女刚学会走路的时候，我离家两三天；回来，我刚一进门，她便晃晃悠悠地走来了，抱住我的腿不放。她没说什么——事实上她还没学会多少话；我也无言——我的话太多了，所以反倒不知说什么好。默默地，我与她都表现了父与女所能有的亲热与快乐。

第三次是在汉口，全国文艺界抗敌协会开筹备会的那一天。未到汉口之前，我一向不大出门，所以见到文艺界朋友的机会就很少。这次，一会到便是几十位！他们的笔名，我知道；他们的作品，我读过。今天，我看了他们的脸，握了他们的手。笔名，著作，写家，一齐联系起来，我仿佛是看着许多的星，哪一颗都在样子上差不多，可是都自成一个世界。这些小世界里的人物的创造者，和咱们这世界里的读众的崇拜者，就是坐在我面前的这些人！

可是，这还不足使我狂喜。几十个人都说了话，每个人的话都是那么坦白诚恳，啊，这才到了我喜得落泪的时候。这些人，每个人有他特别的脾气，独具的见解，个人的爱恶，特有的作风。因此，在平日他们就很难免除自是与自傲。自己的努力使每个人孤高自赏，自己的成就产生了自信；文人相轻，与其说是一点毛病，还不如说是因努力而自信的必然结果。可是，这一天，得见大家的脸，听到大家的话。在他们的脸上，我找到了为国家为民族的悲愤；在他们的话中，我听出团结与互助的消息。在国旗前，他低首降心，自认藐小；把平日个人的自是改为团结的信赖，把平日个人的好尚改作共同的爱恶——全民族的爱恶。在这种情感中，大家亲爱地握手，不客气地说出彼此的短长，真诚演为谅解。这是何等的胸襟与气度呢！

在全部的中国史里，要找到与这类似的事实，恐怕很不容易吧？因为在没有认清文艺是民族的呼声以前，文人只能为自己道出苦情，或进一步而嗟悼——是嗟悼！——国破家亡；把自己放在团体里充一名战士，去复兴民族，维护正义，是万难做到的。今天，我们都做到了这个，因为新文艺是国民革命中产生出的，文艺者根本是革命的号兵与旗手。他们今日的集合，排成队伍，绝不是偶然的。这不是乌合之众，而是战士归营，各具杀敌的决心，以待一齐杀出。这么着，也只有这么着，我们才足以自证是时代的儿女，把民族复兴作为共同的意志与信仰，把个人的一切放在团体里去，在全民族抗敌的肉长城前有我们的一座笔阵。这还不该欣喜吗？

我等着，等到开大会的那一天，我想我是会乐疯了的！

几个欢快的日子

——萧红

单身的男人在客厅中也被感动了，倒不是

被歌声感动，而是被少女的明脆而好听的

哭声所感动，在地心不住地打着转。

人们跳着舞。"牵牛房"那一些人们每夜跳着舞。过旧年那夜，他们就在茶桌上摆起大红蜡烛，他们模仿着供财神，拜祖宗。灵秋穿起紫红绸袍，黄马褂，腰中佩着黄腰带，他第一个跑到神桌前。老桐又是他那一套，穿起灵秋太太瘦小的旗袍，长短到膝盖以上，大红的脸，脑后又是用红布包起笤帚把柄样的东西，他跑到灵秋旁边，他们俩是一致的，每磕一下头，口里就自己喊一声口号：一、二、三……不倒翁样不能自主地倒下又起来。后来就在地板上烘起火来，说是过年都是烧纸的……这套把戏玩得熟了，惯了！不是过年，也每天来这一套，人们看得厌了！对于这事冷淡下来，没有人去大笑，于是又变一套把戏：捉迷藏。

客厅是个捉迷藏的地盘，四下窜走，桌子底下蹲着人，椅子倒过来扣在头上顶着跑，电灯泡碎了一个。蒙住眼睛的人受着大家的玩戏，在那昏庸的头上摸一下，在那分张的两手上打一下。有各种各样的叫声，蛤蟆叫，狗叫，猪叫，还有人在装哭。要想捉住一个很不容易，从客厅的四个门会跑到那些小屋去。有时瞎子就摸到小屋去，从门后扯出一个来，也有时误捉了灵秋的小孩。虽然说不准向小屋跑，但总是跑。后一次瞎子摸到王女士的门扇。

"那门不好进去。"有人要告诉他。

"看着，看着不要吵嚷！"又有人说。

全屋静下来，人们觉得有什么奇迹要发生。瞎子的手接触到门扇，他触到门上的铜环响，眼看他就要进去把王女士捉出来，每人心里都想着这个：看他怎样捉啊！

"谁呀！谁？请进来！"跟着很脆的声音开门来迎接客人了！以为她的朋友来访她。

小浪一般冲过去的笑声，使摸门的人脸上的罩布脱掉了，红了脸。王女士笑着关了门。

玩得厌了！大家就坐下喝茶，不知从什么瞎话上又拉到正经问题上。于是"做人"这个问题使大家都兴奋起来。

——怎样是"人"，怎样不是"人"？

"没有感情的人不是人。"

"没有勇气的人不是人。"

"冷血动物不是人。"

"残忍的人不是人。"

"有人性的人才是人。"

"……"

每个人都会规定怎样做人。有的人他要说出两种不同做人的标准。起首是坐着说，后来站起来说，有的也要跳起来说。

"人是情感的动物，没有情感就不能生出同情，没有同情那就是自私，为己……结果是互相杀害，那就不是人。"那人的眼睛睁得很圆，表示他的理由充足，表示他把人的定义下得准确。

"你说得不对，什么同情不同情，就没有同情，中国人就是冷血动物，中国人就不是人。"第一个又站了起来，这个人他不常说话，偶然说一句使人很注意。

说完了，他自己先红了脸，他是山东人，老桐学着他的山东调：

"老猛（孟），你使（是）人不使人？"

许多人爱和老孟开玩笑，因为他老实，人们说他像个大姑娘。

"浪漫诗人"，是老桐的绰号。他好喝酒，让他作诗不用笔就能一套连着一套，连想也不用想一下。他看到什么就给什么作个诗；朋友来了他也作诗：

"梆梆梆敲门响，呀！何人来了？"

总之，就是猫和狗打架，你若问他，他也有诗，他不喜欢谈论什么人啦！社会啦！他躲开正在为了"人"而吵叫的茶桌，摸到一本唐诗在读：

"昨日之……日不可留……今日之日……多……烦……忧。"读得有腔有调，他用意就在打搅吵叫的一群。郎华正在高叫着：

"不剥削人，不被人剥削的就是人。"

老桐读诗也感到无味。

"走！走啊！我们喝酒去。"

他看一看只有灵秋同意他，所以他又说：

"走，走，喝酒去。我请客……"

客请完了！差不多都是醉着回来。郎华反反复复地唱着半段歌，是维特别离绿蒂的故事，人人喜欢听，也学着唱。

听到哭声了！正像绿蒂一般年轻的姑娘被歌声引动着，哪能不哭？是谁哭？就是王女士。单身的男人在客厅中也被感动了，倒不是被歌声感动，而是被少女的明脆而好听的哭声所感动，在地心不住地打着转。尤其是老桐，他贪婪的耳朵几乎竖起来，脖子一定更长了点，他到门边去听，他故意说：

"哭什么？真没意思！"

其实老桐感到很有意思，所以他听了又听，说了又说："没意思。"

不到几天，老桐和那女士恋爱了！那女士也和大家熟识了！也到客厅来和大家一道跳舞。从那时起，老桐的胡闹也是高等的胡闹了！

在王女士面前，他耻于再把红布包在头上，当灵秋叫他去跳滑稽舞的时候，他说：

"我不跳啦！"一点兴致也不表示。

等王女士从箱子里把粉红色的面纱取出来：

"谁来当小姑娘，我给他化装。"

"我来，我……我来……"老桐他怎能像个小姑娘？他像个长颈鹿似的跑过去。

他自己觉得很好的样子，虽然是胡闹，也总算是高等的胡闹。头上顶着面纱，规规矩矩地、平平静静地在地板上动着步。但给人的感觉无异于他脑后的颤动着红扫帚柄的感觉。

别的单身汉，就开始羡慕幸福的老桐。可是老桐的幸福还没十分摸到，那女士已经和别人恋爱了！

所以"浪漫诗人"就开始作诗。正是这时候他失一次盗：丢掉他的毛毯，所以他就作诗"哭毛毯"。哭毛毯的诗作得很多，过几天来一套，过几天又来一套。朋友们看到他就问：

"你的毛毯哭得怎样了？"

我与地坛（节选）

——史铁生

> 仿佛这古园就是为了等我，而历尽沧桑在
> 那儿等待了四百多年。

一

我在好几篇小说中都提到过一座废弃的古园，实际就是地坛。许多年前旅游业还没有开展，园子荒芜冷落得如同一片野地，很少被人记起。

地坛离我家很近。或者说我家离地坛很近。总之，只好认为这是缘分。地坛在我出生前四百多年就坐落在那儿了，而自从我的祖母年轻时带着我父亲来到北京，就一直住在离它不远的地方——五十多年间搬过几次家，可搬来搬去总是在它周围，而且是越搬离它越近了。我常觉得这中间有着宿命的味道：仿佛这古园就是为了等我，而历尽沧桑在那儿等待了四百多年。

它等待我出生，然后又等待我活到最狂妄的年龄上忽地残废了双腿。四百多年里，它一面剥蚀了古殿檐头浮夸的琉璃，淡褪了门壁上炫耀的朱红，坍圮了一段段高墙又散落了玉砌雕栏，祭坛四周的老柏树愈见苍幽，到处的野草荒藤也都茂盛得自在坦荡。这时候想必我是该来了。十五年前的一个下午，我摇着轮椅进入园中，它为一个失魂落魄的人把一切都准备好了。那时，太阳循着亘古不变的路途正越来越大，也越红。在满园弥漫的沉静光芒中，一个人更容易看到时间，并看见自己的身影。

　　自从那个下午我无意中进了这园子，就再没长久地离开过它。我一下子就理解了它的意图。正如我在一篇小说中所说的："在人口密聚的城市里，有这样一个宁静的去处，像是上帝的苦心安排。"

　　两条腿残废后的最初几年，我找不到工作，找不到去路，忽然间几乎什么都找不到了，我就摇了轮椅总是到它那儿去，仅为着那儿是可以逃避一个世界的另一个世界。我在那篇小说中写道："没处可去我便一天到晚耗在这园子里。跟上班下班一样，别人去上班我就摇了轮椅到这儿来。""园子无人看管，上下班时间有些抄近路的人们从园中穿过，园子里活跃一阵，过后便沉寂下来。"园墙在金晃晃的空气中斜切下一溜阴凉，我把轮椅开进去，把椅背放倒，坐着或是躺着，看书或者想事，撅一杈树枝左右拍打，驱赶那些和我一样不明白为什么要来这世上的小昆虫。""蜂儿如一朵小雾稳稳地停在半空；蚂蚁摇头晃脑捋着触须，猛然间想透了什么，转身疾行而去；瓢虫爬得不耐烦了，累了，祈祷一回便支开翅膀，忽悠一下升空了；树干上留着一只蝉蜕，寂寞如一间空屋；露水在草叶上滚动，聚集，压弯了草叶轰然坠地摔开万道金光。""满园子都是草木竞相生长弄出的响动，窸窸窣窣窸窸窣窣片刻不息。"这都是真实的记录，园子荒芜但并不衰败。

除去几座殿堂我无法进去，除去那座祭坛我不能上去而只能从各个角度张望它，地坛的每一棵树下我都去过，差不多它的每一米草地上都有过我的车轮印。无论是什么季节，什么天气，什么时间，我都在这园子里待过。有时候待一会儿就回家，有时候就待到满地上都亮起月光。记不清都是在它的哪些角落里了，我一连几小时专心致志地想关于死的事，也以同样的耐心和方式想过我为什么要出生。这样想了好几年，最后事情终于弄明白了：一个人，出生了，这就不再是一个可以辩论的问题，而只是上帝交给他的一个事实；

上帝在交给我们这件事实的时候，已经顺便保证了它的结果，所以死是一件不必急于求成的事，死是一个必然会降临的节日。这样想过之后我安心多了，眼前的一切不再那么可怕。比如你起早熬夜准备考试的时候，忽然想起有一个长长的假期在前面等待你，你会不会觉得轻松一点儿？并且庆幸并且感激这样的安排？

剩下的就是怎样活的问题了，这却不是在某一个瞬间就能完全想透的，不是能够一次性解决的事，怕是活多久就要想它多久了，就像是伴你终生的魔鬼或恋人。所以，十五年了，我还是总得到那古园里去，去它的老树下或荒草边或颓墙旁，去默坐，去呆想，去推开耳边的嘈杂理一理纷乱的思绪，去窥看自己的心魂。十五年中，这古园的形体被不能理解它的人肆意雕琢，幸好有些东西是任谁也不能改变它的。譬如祭坛石门中的落日，寂静的光辉平铺的一刻，地上的每一个坎坷都被映照得灿烂；譬如在园中最为落寞的时间，一群雨燕便出来高歌，把天地都叫喊得苍凉；譬如冬天雪地上孩子的脚印，总让人猜想他们是谁，曾在哪儿做过些什么，然后又都到哪儿去了；譬如那些苍黑的古柏，你忧郁的时候它们镇静地站在那儿，你欣喜的时候它们依然镇静地站在那儿，它们没日没夜地站在那儿从你没有出生一直站到这个世界上又没了你的时候；譬如暴雨骤临园中，激起一阵阵灼烈而清纯的草木和泥土的气味，让人想起无数个夏天的事件；譬如秋风忽至，再有一场早霜，落叶或飘摇歌舞或坦然安卧，满园中播散着熨帖而微苦的味道。味道是最说不清楚的。味道不能写只能闻，要你身临其境去闻才能明了。味道甚至是难于记忆的，只有你又闻到它你才能记起它的全部情感和意蕴。所以我常常要到那园子里去。

二

我才想到，当年我总是独自跑到地坛去，曾经给母亲出了一个怎样的难题。

她不是那种光会疼爱儿子而不懂得理解儿子的母亲。她知道我心里的苦闷，知道不该阻止我出去走走，知道我要是老待在家里结果会更糟，但她又担心我一个人在那荒僻的园子里整天都想些什么。我那时脾气坏到极点，经常是发了疯一样地离开家，从那园子里回来又中了魔似的什么话都不说。母亲知道有些事不宜问，便犹犹豫豫地想问而终于不敢问，因为她自己心里也没有答案。她料想我不会愿意她跟我一同去，所以她从未这样要求过，她知道得给我一点儿独处的时间，得有这样一段过程。她只是不知道这过程得要多久，和这过程的尽头究竟是什么。每次我要动身时，她便无言地帮我准备，帮助我上了轮椅车，看着我摇车拐出小院；这以后她会怎样，当年我不曾想过。

有一回我摇车出了小院，想起一件什么事又返身回来，看见母亲仍站在原地，还是送我走时的姿势，望着我拐出小院去的那处墙角，对我的回来竟一时没有反应。待她再次送我出门的时候，她说："出去活动活动，去地坛看看书，我说这挺好。"许多年以后我才渐渐听出，母亲这话实际上是自我安慰，是暗自的祷告，是给我的提示，是恳求与嘱咐。只是在她猝然去世之后，我才有余暇设想。当我不在家里的那些漫长的时间，她是怎样心神不定坐卧难宁，兼着痛苦与惊恐与一个母亲最低限度的祈求。现在，我可以断定，以她的聪慧和坚忍，在那些空落的白天后的黑夜，在那不眠的黑夜后的白天，她思来想去最后准是对自己说："反正我不能不让他出去，未来的日子是他自己的，如果他真的要在那园子里出了什么事，这苦难也只好我来承担。"在那段日子里——那是好几年前的一段日子，我想我一定使母亲做过了最坏的准备了，但她从来没有对我说过："你为我想想。"事实上我也真的没为她想过。那时她的儿子，还太年轻，还来不及为母亲想，他被命运击昏了头，一心以为自己是世上最不幸的一个，不知道儿子的不幸在母亲那儿总是要加倍的。她有一个长到二十岁上忽然截瘫了的儿子，这是她唯一的儿子；她情愿截瘫的是自己而不是儿子，可这事无法代替；她想，只要儿子能活下去，哪怕自己去死呢也行，可她又确信一个人不能仅仅是活着，儿子得有一条路走向自己的幸福；而这条路呢，没有谁能保证她的儿子最终能找到——这样一个母亲，注定是活得最苦的母亲。

有一次与一个作家朋友聊天，我问他学写作的最初动机是什么？他想了一会儿说："为我母亲。为了让她骄傲。"我心里一惊，良久无言。回想自己最初写小说的动机，虽不似这位朋友的那般单纯，但如他一样的愿望我也有，且一经细想，发现这愿望也在全部动机中占了很大比重。这位朋友说："我的动机太低俗了吧？"我光是摇头，心想低俗并不见得低俗，只怕是这愿望过于天真了。他又说："我那时真就是想出名，出了名让别人羡慕我母亲。"我想，他比我坦率。我想，他又比我幸福，因为他的母亲还活着。而且我想，他的母亲也比我的母亲运气好，他的母亲没有一个双腿残废的儿子，否则事情就不这么简单。

在我的头一篇小说发表的时候，在我的小说第一次获奖的那些日子里，我真是多么希望我的母亲还活着。我便又不能在家里待了，又整天整天独自跑到地坛去，心里是没头没尾的沉郁和哀怨，走遍整个园子却怎么也想不通：母亲为什么就不能再多活两年？为什么在她儿子就快要碰撞开一条路的时候，她却忽然熬不住了？莫非她来此世上只是为了替儿子担忧，却不该分享我的一点点快乐？她匆匆离我去时才只有四十九岁呀！有那么一会儿，我甚至对世界对上帝充满了仇恨和厌恶。后来我在一篇题为《合欢树》的文章中写道："坐在小公园安静的树林里，我闭上眼睛，想：上帝为什么早早地召母亲回去呢？很久很久，迷迷糊糊地，我听见了回答：'她心里太苦了，上帝看她受不住了，就召她回去。'我似乎得到一点儿安慰，睁开眼睛，看见风正从树林里穿过。"小公园，指的也是地坛。

只是到了这时候，纷纭的往事才在我眼前幻现得清晰，母亲的苦难与伟大才在我心中渗透得深彻。上帝的考虑，也许是对的。

摇着轮椅在园中慢慢走，又是雾罩的清晨，又是骄阳高悬的白昼，我只想着一件事：母亲已经不在了。在老柏树旁停下，在草地上在颓墙边停下，又是处处虫鸣的午后，又是鸟儿归巢的傍晚，我心里只默念着一句话：可是母亲已经不在了。把椅背放倒，躺下，似睡非睡挨到日没，坐起来，心神恍惚，呆呆地直坐到古祭坛上落满黑暗然后再渐渐浮起月光，心里才有点儿明白，母亲不能再来这园中找我了。

　　曾有过好多回，我在这园子里待得太久了，母亲就来找我。她来找我又不想让我发觉，只要见我还好好地在这园子里，她就悄悄转身回去，我看见过几次她的背影。我也看见过几回她四处张望的情景，她视力不好，端着眼镜像在寻找海上的一条船，她没看见我时我已经看见她了，待我看见她也看见我了我就不去看她，过一会儿我再抬头看她就又看见她缓缓离去的背影。我单是无法知道有多少回她没有找到我。有一回我坐在矮树丛中，树丛很密，我看见她没有找到我；她一个人在园子里走，走过我的身旁，走过我经常待的一些地方，步履茫然又急迫。我不知道她已经找了多久还要找多久，我不知道为什么我决意不喊她——但这绝不是小时候的捉迷藏，这也许是出于长大了的男孩子的倔强或羞涩？

但这倔强只留给我痛悔，丝毫也没有骄傲。我真想告诫所有长大了的男孩子，千万不要跟母亲来这套倔强，羞涩就更不必，我已经懂了可我已经来不及了。

儿子想使母亲骄傲，这心情毕竟是太真实了，以致使"想出名"这一声名狼藉的念头也多少改变了一点儿形象。这是个复杂的问题，且不去管它了罢。随着小说获奖的激动逐日暗淡，我开始相信，至少有一点我是想错了：我用纸笔在报刊上碰撞开的一条路，并不就是母亲盼望我找到的那条路。年年月月我都到这园子里来，年年月月我都要想，母亲盼望我找到的那条路到底是什么。母亲生前没给我留下过什么隽永的哲言，或要我恪守的教诲，只是在她去世之后，她艰难的命运、坚忍的意志和毫不张扬的爱，随光阴流转，在我的印象中愈加鲜明深刻。

有一年，十月的风又翻动起安详的落叶，我在园中读书，听见两个散步的老人说："没想到这园子有这么大。"我放下书，想，这么大一座园子，要在其中找到她的儿子，母亲走过了多少焦灼的路。多年来我头一次意识到，这园中不单是处处都有过我的车辙，有过我的车辙的地方也都有过母亲的脚印。

沉默

——周作人

老实说，我觉得人之互相理解是至难——
即使不是不可能的事，而表现自己之真实
的感情思想也是同样地难。

林语堂先生说，法国一个演说家劝人缄默，成书三十卷，为世所笑，所以我现在做讲沉默的文章，想竭力节省，以原稿纸三张为度。

提倡沉默从宗教方面讲来，大约很有材料，神秘主义里很看重沉默，美忒林克便有一篇极妙的文章。但是我并不想这样做，不仅因为怕有拥护宗教的嫌疑，实在是没有这种知识与才力。现在只就人情世故上着眼说一说罢。

沉默的好处第一是省力。中国人说，多说话伤气，多写字伤神。不说话不写字大约是长生之基，不过平常人总不易做到。那么一时的沉默也就很好，于我们大有裨益。三十小时草成一篇宏文，连睡觉的时光都没有，第三天必要头痛；演说家在讲台上呼号两点钟，难免口干喉痛，不值得甚矣。若沉默，则可无此种劳苦，——虽然也得不到名声。

沉默的第二个好处是省事。古人说"口是祸门"，关上门，贴上封条，祸便无从发生，（"闭门家里坐，祸从天上来，"那只算是"空气传染"，又当别论，）此其利一。自己想说服别人，或是有所辩解，照例是没有什么影响，而且愈说愈是渺茫，不如及早沉默，虽然不能因此而说服或辩明，但至少是不会增添误会。又或别人有所陈说，在这面也照例不很能理解，极不容易答复，这时候沉默是适当的办法之一。古人说不言是最大的理解，这句话或者有深奥的道理，据我想则在我至少可以藏过不理解，而在他也就可以有猜想被理解了之自由。沉默之好处的好处，此其二。

善良的读者们，不要以为我太玩世（Cynical）了罢？老实说，我觉得人之互相理解是至难——即使不是不可能的事，而表现自己之真实的感情思想也是同样地难。我们说话作文，听别人的话，读别人的文，以为互相理解了，这是一个聊以自娱的如意的好梦，好到连自己觉到了的时候也还不肯立即承认，知道是梦了却还想在梦境中多流连一刻。其实我们这样说话作文无非只是想这样做，想这样聊以自娱，如其觉得没有什么可娱，那么尽可简单地停止。我们在门外草地上翻几个筋斗，想象那对面高楼上的美人看着，（明知她未必看见，）很是高兴，是一种办法；反正她不会看见，不翻筋斗了，且卧在草地上看云罢，这也是一种办法，两者都是对的，我这回是在做第二个题目罢了。

我是喜欢翻筋斗的人，虽然自己知道翻得不好。但这也只是不巧妙罢了，未必有什么害处，足为世道人心之忧。不过自己的评语总是不大靠得住的，所以在许多知识阶级的道学家看来，我的筋斗都翻得有点不道德，不是这种姿势足以坏乱风俗，便是这个主意近于妨害治安。这种情形在中国可以说是意表之内的事，我们也并不想因此而变更态度，但如民间这种倾向到了某一程度，翻筋斗的人至少也应有想到省力的时候了。

三张纸已将写满，这篇文应该结束了，我费了三张纸来提倡沉默，因为这是对于现在中国的适当办法。——然而这原来只是两种办法之一，有时也可以择取另一办法：高兴的时候弄点小把戏，"藉资排遣"。将来别处看有什么机缘，再来噪聒，也未可知。

心里种花，人生才不会荒芜

一片阳光

——林徽因

> 时间经过二十多年，直到今天，又是这样
> 一泄阳光，一片不可捉摸，不可思议流动
> 的而又恬静的瑰宝，我才明白我那问题是
> 永远没有答案的。

放了假，春初的日子松弛下来。将午未午时候的阳光，澄黄的一片，由窗棂横浸到室内，晶莹地四处射。我有点发怔，习惯地在沉寂中惊讶我的周围。我望着太阳那湛明的体质，像要辨别它那交织绚烂的色泽，追逐它那不着痕迹的流动。看它洁净地映到书桌上时，我感到桌面上平铺着一种恬静，一种精神上的豪兴，情趣上的闲逸；即或所谓"窗明几净"。那里默守着神秘的期待，漾开诗的气氛。那种静，在静里似可听到那一处玲琮的泉流，和着仿佛是断续的琴声，低诉着一个幽独者自娱的音调。看到这同一片阳光射到地上时，我感到地面上花影浮动，暗香吹拂左右，人随着晌午的

光霭花气在变幻，那种动，柔谐婉转有如无声音乐，令人悠然轻快，不自觉地脱落伤愁。至多，在舒扬理智的客观里使我偶一回头，看看过去幼年记忆步履所留的残迹，有点儿惋惜时间；微微怪时间不能保存情绪，保存那一切情绪所曾流连的境界。

倚在软椅上不但奢侈，也许更是一种过失，有闲的过失。但东坡的辩护，"懒者常似静，静岂懒者徒"，不是没有道理。如果此刻不倚榻上而"静"，则方才情绪所兜的小小圈子便无条件地失落了去！人家就不可惜它，自己却实在不能不感到这种亲密的损失的可哀。

就说它是情绪上的小小旅行吧，不走并无不可，不过走走也未始不是更好。归根说，我们活在这世上到底最珍惜些什么？果真珍惜万物之灵的人的活动所产生的种种，所谓人类文化？这人类文化到底又靠一些什么？我们怀疑或许就是人身上那一撮精神同机体的感觉，生理心理所共起的情感，所激发出的一串行为，所聚敛的一点智慧——那么一点点人之所以为人的表现。宇宙万物客观的本无所可珍惜，反映在人性上的山川、草木、禽兽才开始有了秀丽，有了气质，有了灵犀。反映在人性上的人自己更不用说。没有人的感觉，人的情感，即便有自然，也就没有自然的美，质或神方面更无所谓人的智慧，人的创造，人的一切生活艺术的表现！这样说来，谁该鄙弃自己感觉上的小小旅行？为壮壮自己胆子，我们更该相信唯其人类有这类情绪的驰骋，实际的世间才赓续着产生我们精神所寄托的文物精萃。

此刻我竟可以微微一咳嗽，乃至于用播音的圆润口调说：我们既然无疑地珍惜文化，即尊重盘古到今种种的艺术——无论是抽象的思想艺术，或是具体的驾驭天然材料另创的非天然形象——则对于艺术所由来的渊源，那点点人的感觉，人的情感智慧（通称人的情绪），又当如何地珍惜才算合理？

但是情绪的驰骋，显然不是诗或画或任何其他艺术建造的完成。这驰骋此刻虽占了自己生活的若干时间，却并不在空间里占任何一个小小位置！这个情形自己需完全明了。此刻它仅是一种无踪迹的流动，并无栖身的形体。它或含有各种或可捉摸的质素，但是好奇地探讨这个质素而具体要表现它的差事，无论其有无意义，除却本人外，别人是无能为力的。我此刻为着一片清婉可喜的阳光，分明自己在对内心交流变化的各种联想发生一种兴趣的注意，换句话说，这好奇与兴趣的注意已是我此刻生活的活动。一种力量又迫着我把握住这个活动，而设法表现它，这不易抑制的冲动，或即所谓艺术冲动也未可知！只记得冷静的杜工部散散步，看看花，也不免会有"江上被花恼不彻，无处告诉只颠狂"的情绪上一片紊乱！玲珑煦暖的阳光照人面前，那美的感人力量就不减于花，不容我生硬地自己把情绪分划为有闲与实际的两种，而权其轻重，然后再决定取舍的。我也只有情绪上的一片紊乱。

情绪的旅行本偶然的事，今天一开头并为着这片春初晌午的阳光，现在也还是为着它。房间内有两种豪侈的光常叫我的心绪紧张如同花开，趁着感觉的微风，深浅凌乱于冷智的枝叶中间。一种是烛光，高高的台座，长垂的烛泪，熊熊红焰当帘幕四下时各处光影掩映。那种闪烁明艳，雅有古意，明明是画中景象，却含有更多诗的成分。另一种便是这初春晌午的阳光，到时候有意无意的大片子洒落满室，那些窗棂、栏板、几案、笔砚浴在光霭中，一时全成了静物图案；再有红蕊细枝点缀几处，室内更是清香浮溢，叫人俯仰全触到一种灵性。

这种说法怕有点会发生误会，我并不说这片阳光射入室内，需要笔砚花香那些儒雅的托衬才能动人，我的意思倒是：室内顶寻常的一些供设，只要一片阳光这样又幽娴又洒脱地落在上面，一切都会带上另一种动人的气息。

这里要说到我最初认识的一片阳光。那年我六岁，记得是刚刚出了水珠以后——水珠即寻常水痘，不过我家乡话叫它作水珠。当时我很喜欢那美丽的名字，忘却它是一种病，因而也觉到一种神秘的骄傲。只要人过我窗口问问出"水珠"吗？我就感到一种荣耀。那个感觉至今还印在脑子里。也为这个缘故，我还记得病中奢侈的愉悦心境。虽然同其他多次的害病一样，那次我仍然是孤独地被囚禁在一间房屋里休养的。那是我们老宅子里最后的一进房子；白粉墙围着小小院子，北面一排三间，当中夹着一个开敞的厅堂。我病在东头娘的卧室里。西头是婶娘的住房。娘同婶永远要在祖母的前院里行使她们女人们的职务的，于是我常是这三间房屋唯一留守的主人。

在那三间屋子里病着，那经验是难堪的。时间过得特别慢，尤其是在日中毫无睡意的时候。起初，我仅集注我的听觉在各种似脚步，又不似脚步的上面。猜想着，等候着，希望着人来。间或听听隔墙各种琐碎的声音，由墙基底下传达出来又消敛了去。过一会，我就不耐烦了——不记得是怎样的，我就蹑着脚，挨着木床走到房门边。房门向着厅堂斜斜地开着一扇，我便扶着门框好奇地向外探望。

那时大概刚是午后两点钟光景，一张刚开过饭的八仙桌，异常寂寞地立在当中。桌下一片由厅口处射进来的阳光，泄泄融融地倒在那里。一个绝对悄寂的周围伴着这一片无声的金色的晶莹，不知为什么，忽使我六岁孩子的心里起了一次极不平常的振荡。

那里并没有几案花香，美术的布置，只是一张极寻常的八仙桌。如果我的记忆没有错，那上面在不多时间以前，是刚陈列过咸鱼、酱菜一类极寻常简朴的午餐。小孩子的心却呆了。或许两只眼睛倒张大一点，四处张望，似乎在寻觅一个问题的答案。为什么那片阳光美得那样动人？我记得我爬到房内窗前的桌子上坐着，有意无意地望望窗外，院里粉墙疏影同室内那片金色和煦决然不同趣味。顺便我翻开手边娘梳妆用的旧式镜箱，又上下摇动那小排状抽屉，同那刻成花篮形的小铜坠子，不时听雀跃过枝清脆的鸟语，心里却仍为那片阳光隐着一片模糊的疑问。

时间经过二十多年，直到今天，又是这样一泄阳光，一片不可捉摸，不可思议流动的而又恬静的瑰宝，我才明白我那问题是永远没有答案的。事实上仅是如此：一张孤独的桌，一角寂寞的厅堂，一只灵巧的镜箱，或窗外断续的鸟语，和水珠——那美丽小孩子的病名——便凑巧永远同初春静沉的阳光整整复斜斜地成了我回忆中极自然的联想。

第三章　世间百味，活得简单才自由

到一个新地方，我不爱逛百货商场，却爱逛菜市，菜市更有生活气息一些。买菜的过程，也是构思的过程。想炒一盘雪里蕻冬笋，菜市场冬笋卖完了，却有新到的荷兰豌豆，只好临时『改戏』。做菜，也是一种轻量的运动。

我的人生兴趣

——李叔同

> 我认为一个人在他有生之年应多学一些东
> 西，不见得样样精通，如果能做到博学多
> 闻就很好了，也不枉屈自己这一生一世。

有人说我在出家前是书法家、画家、音乐家、诗人、戏剧家等，出家后这些造诣更深。其实不是这样的，所有这一切都是我的人生兴趣而已。我认为一个人在他有生之年应多学一些东西，不见得样样精通，如果能做到博学多闻就很好了，也不枉屈自己这一生一世。而我在出家后，拜印光大师为师，所有的精力都致力于佛法的探究上，全身心地去了解"禅"的含义，在这些兴趣上反倒不如以前痴迷了，也就荒疏了不少。然而，每当回忆起那段艺海生涯，总是有说不尽的乐趣！

记得在我十八岁那年，我与茶商之女俞氏结为夫妻。当

时哥哥给了我三十万元作贺礼，于是我就买了一架钢琴，开始学习音乐方面的知识，并尝试着作曲。后来我与母亲和妻子搬到了上海法租界，由于上海有我家的产业，我可以以少东家的身份支取相当高的生活费用，也因此得以与上海的名流们交往。当时，上海城南有一个组织叫"城南文社"，每月都有文学比试，我投了三次稿，有幸的是每次都获得第一名，从而与文社的主事许幻园先生成为朋友。他为我们全家在城南草堂打扫了房屋，并让我们移居了过去，在那里，我和他及另外三位文友结为金兰之好，还号称是"天涯五友"。后来我们共同成立了"上海书画公会"，每个星期都出版书画报纸，与那些志同道合的同人们一起探讨研究书画及诗词歌赋。但是这个公社成立不久就解散了。

由于公社解散，而我的长子在出生后不久就夭折了，不久后我的母亲又过世了，多重不幸给我带来了不小的打击，于是我将母亲的遗体运回天津安葬，并把妻子和孩子一起带回天津，我独自一人前往日本求学。在日本，我就读于日本当时美术界的最高学府——上野美术学校，而我当时的老师亦是日本最有名的画家之一——黑田清辉。当时我除了学习绘画外，还努力学习音乐和作曲。那时我确实是沉浸在艺术的海洋中，那是一种真正的快乐享受。

　　我从日本回来后，政府的腐败统治导致国衰民困，金融市场更是惨淡，很多钱庄、票号都相继倒闭，我家的大部分财产也因此化为乌有了。我的生活也就不再像以前那样无忧无虑了，为此我到上海城东女校当老师去了，并且同时任《太平洋报》文艺版的主编。但是没多久报社被查封，我也为此丢掉了工作。大概几个月后我应聘到浙江师范学校担任绘画和音乐教员，那段时间是我在艺术领域里驰骋最潇洒自如的日子，也是我一生最忙碌、最充实的日子。

生活之艺术

——周作人

生活之艺术，其方法只在于微妙地混合取
与舍二者而已

契诃夫（Tchekhov）书简集中有一节道，（那时他在瑷
珲附近旅行，）"我请一个中国人到酒店里喝烧酒，他在未饮
之前举杯向着我和酒店主人及伙计们，说道'请'。这是中
国的礼节。他并不像我们那样的一饮而尽，却是一口一口地
啜，每啜一口，吃一点东西；随后给我几个中国铜钱，表示
感谢之意。这是一种怪有礼的民族。……"

一口一口地啜，这的确是中国仅存的饮酒的艺术：干杯
者不能知酒味，泥醉者不能知微醺之味。中国人对于饮食还
知道一点享用之术，但是一般的生活之艺术却早已失传了。
中国生活的方式现在只是两个极端，非禁欲即是纵欲，非连
酒字都不准说即是浸身在酒槽里，二者互相反动，各益增

长，而其结果则是同样的污糟。动物的生活本有自然的调节，中国在千年以前文化发达，一时有臻于灵肉一致之象，后来为禁欲思想所战胜，变成现在这样的生活，无自由，无节制，一切在礼教的面具底下实行迫压与放恣，实在所谓礼者早已消灭无存了。

生活不是很容易的事。动物那样的，自然地简易地生活，是其一法；把生活当作一种艺术，微妙地美地生活，又是一法；二者之外别无道路，有之则是禽兽之下的乱调的生活了。生活之艺术只在禁欲与纵欲的调和。蔼理斯对于这个问题很有精到的意见，他排斥宗教的禁欲主义，但以为禁欲亦是人性的一面；欢乐与节制二者并存，且不相反而实相成。人有禁欲的倾向，即所以防欢乐的过量，并即以增欢乐的程度。他在《圣芳济与其他》一篇论文中曾说道，"有人以此二者（即禁欲与耽溺）之一为其生活之唯一目的者，其人将在尚未生活之前早已死了。有人先将其一（耽溺）推至极端，再转而之他，其人才真能了解人生是什么，日后将被记念为模范的高僧。但是始终尊重这二重理想者，那才是知生活法的明智的大师。……一切生活是一个建设与破坏，一个取进与付出，一个永远的构成作用与分解作用的循环。要

心里种花，人生才不会荒芜

正当地生活，我们须得模仿大自然的豪华与严肃"。他又说过，"生活之艺术，其方法只在于微妙地混合取与舍二者而已"，更是简明地说出这个意思来了。

生活之艺术这个名词，用中国固有的字来说便是所谓礼。斯谛耳博士在《仪礼》的序上说，"礼节并不单是一套仪式，空虚无用，如后世所沿袭者。这是用以养成自制与整饬的动作之习惯，唯有能领解万物感受一切之心的人才有这样安详的容止"。从前听说辜鸿铭先生批评英文《礼记》译名的不妥当，以为"礼"不是 Rite 而是 Art，当时觉得有点乖僻，其实却是对的，不过这是指本来的礼，后来的礼仪礼教都是堕落了的东西，不足当这个称呼了。中国的礼早已丧失，只有如上文所说，还略存于茶酒之间而已。去年有西人反对上海禁娼，以为妓院是中国文化所在的地方，这句话的确难免有点荒谬，但仔细想来也不无若干理由。我们不必拉扯唐代的官妓，希腊的"女友"（Hetaira）的韵事来作辩护，只想起某外人的警句，"中国挟妓如西洋的求婚，中国娶妻如西洋的宿娼"，或者不能不感到"爱之术"（Ars Amatoria）真是只存在草野之间了。我们并不同某西人那样要保存妓院，只觉得在有些怪论里边，也常有真实存在罢了。

中国现在所切要的是一种新的自由与新的节制，去建造中国的新文明，也就是复兴千年前的旧文明，也就是与西方文化的基础之希腊文明相合一了。这些话或者说的太大太高了，但据我想舍此中国别无得救之道，宋以来的道学家的禁欲主义总是无用的了，因为这只足以助成纵欲而不能收调节之功。其实这生活的艺术在有礼节重中庸的中国本来不是什么新奇的事物，如《中庸》的起头说，"天命之谓性，率性之谓道，修道之谓教，"照我的解说即是很明白的这种主张，不过后代的人都只拿去讲章旨节旨，没有人实行罢了。我不是说半部《中庸》可以济世，但以表示中国可以了解这个思想。日本虽然也很受到宋学的影响，生活上却可以说是承受平安朝的系统，还有许多唐代的流风余韵，因此了解生活之艺术也更是容易。在许多风俗上日本的确保存这艺术的色彩，为我们中国人所不及，但由道学家看来，或者这正是他们的缺点也未可知罢。

风飘果市香

——张恨水

> 老太太、少奶奶、小姐、孩子们，成群地
> 绕了这些水果摊子，人挤有点儿，但并不
> 嘈杂，因为根本这是轻松的市场。

"已凉天气未寒时"，这句话用在江南于今都嫌过早，只有北平的中秋天气，乃是恰合。我于北平中秋的赏识，有些出人意外，乃是根据"老妈妈大会""奶奶经"而来，喜欢夜逛"果子市"。逛果子市的兴趣，第一就是"已凉天气未寒时"。第二是找诗意。第三是"起哄"。第四是"踏月"。直到第五，才是买水果。你愿意让我报告一下吗？

果子市并不专指哪个地方，东单（东单牌楼之简称，下仿此）、西单、东四、西四。东四的隆福寺、西四的白塔寺、北城的新街口、南城的菜市口，临时会有果子市出现。早在阴历十三的那天晚半晌儿，果子摊儿就在这些地方出现

了。吃过晚饭，孩子们就嚷着要逛果子市。这事交给他们姥姥或妈妈吧。我们还有三个斗方名士（其实很少写斗方），或穿哔叽西服，或穿薄呢长袍，在微微的西风敲打院子里树叶声中，走出了大门。胡同里的人家白粉墙上涂上了月光，先觉得身心上有一番轻松意味，顺步遛到最近一个果子市，远远地就嗅到一片清芬（仿佛用清香两字都不妥似的）。到了附近，小贩将长短竹竿儿，挑出两三个不带罩子的电灯泡儿，高高低低，好像在街店屋檐外，挂了许多水晶球，一片雪亮。在这电光下面，青中透白的鸭儿梨，堆山似的，放在摊案上。红嘎嘎枣儿，紫的玫瑰葡萄，淡青的牛乳葡萄，用箩筐盛满了，沿街放着。苹果是比较珍贵一点儿的水果，像擦了胭脂的胖娃娃脸蛋子，堆成各种样式，放在蓝布面的桌案上。石榴熟得笑破了口，露出带醉的水晶牙齿，也成堆放在那里。其余是虎拉车（大花红）、山里红（山楂）、海棠果儿，左一簸箕，右一筐子。一堆接着一堆，摆了半里多路。老太太、少奶奶、小姐、孩子们，成群地绕了这些水果摊子，人挤有点儿，但并不嘈杂，因为根本这是轻松的市场。大半边月亮在头上照着，不大的风吹动了女人的鬓发。大家在这环境里斯斯文文地挑水果，小贩子冲着人直乐，很客气地说："这梨又脆又甜，你不称上点儿？"我疑心在君子国。

哪里来的这一阵浓香，我想。呵！上风头，有个花摊子，电灯下一根横索，成串地挂了紫碧葡萄还带了绿叶儿，下面一只水桶，放了成捆的晚香玉和玉簪花，也有些五色马蹄莲。另一只桶，飘上两片嫩荷叶，放着成捆的嫩香莲和红白莲花，最可爱的是一条条的藕，又白又肥，色调配得那样好看。

十点钟了，提了几个大鲜荷叶包儿回去。胡同里月已当顶，土地上像铺了水银。人家院墙里伸出来的树头，留下一丛丛的轻影，面上有点凉飕飕，但身上并不冷。胡同里很少行人，自己听到自己的脚步响，吁吁呜呜，不知是哪里送来几句洞箫声。我心里有一首诗，但我捉不住她，她仿佛在半空中。

世故三昧

——鲁迅

> 但我恐怕青年人未必以我的话为然；便是
> 中年，老年人，也许要以为我是在教坏了
> 他们的子弟。

人世间真是难处的地方，说一个人"不通世故"，固然不是好话，但说他"深于世故"也不是好话。"世故"似乎也像"革命之不可不革，而亦不可太革"一样，不可不通，而亦不可太通的。

然而据我的经验，得到"深于世故"的恶谥者，却还是因为"不通世故"的缘故。

现在我假设以这样的话，来劝导青年人——"如果你遇见社会上有不平事，万不可挺身而出，讲公道话，否则，事情倒会移到你头上来，甚至于会被指作反动分子的。如果你遇见有人被冤枉，被诬陷的，即使明知道他是好人，也万不

可挺身而出，去给他解释或分辩，否则，你就会被人说是他的亲戚，或得了他的贿赂；倘使那是女人，就要被疑为她的情人的；如果他较有名，那便是党羽。

例如我自己罢，给一个毫不相干的女士做了一篇信札集的序，人们就说她是我的小姨；绍介一点科学的文艺理论，人们就说得了苏联的卢布。亲戚和金钱，在目下的中国，关系也真是大，事实给与了教训，人们看惯了，以为人人都脱不了这关系，原也无足深怪的。

"然而，有些人其实也并不真相信，只是说着玩玩，有趣有趣的。即使有人为了谣言，弄得凌迟碎剐，像明末的郑鄤[1]那样了，和自己也并不相干，总不如有趣的紧要。这时你如果去辨正，那就是使大家扫兴，结果还是你自己倒楣。

"我也有一个经验，那是十多年前，我在教育部里做'官僚[2]'，常听得同事说，某女学校的学生，是可以叫出来嫖的，连机关的地址门牌，也说得明明白白。有一回我偶然

---

1 郑鄤：号峚阳，江苏武进（今常州市）人，明代天启年间进士。崇祯时被人诬告不孝杖母，结果被凌迟处死。

2 官僚：陈西滢攻击鲁迅的话。

走过这条街，一个人对于坏事情，是记性好一点的，我记起来了，便留心着那门牌，但这一号，却是一块小空地，有一口大井，一间很破烂的小屋，是几个山东人住着卖水的地方，决计做不了别用。待到他们又在谈着这事的时候，我便说出我的所见来，而不料大家竟笑容尽敛，不欢而散了，此后不和我谈天者两三月。我事后才悟到打断了他们的兴致，是不应该的。

"所以，你最好是莫问是非曲直，一味附和着大家；但更好是不开口；而在更好之上的是连脸上也不显出心里的是非的模样来……"

这是处世法的精义，只要黄河不流到脚下，炸弹不落在身边，可以保管一世没有挫折的。但我恐怕青年人未必以我的话为然；便是中年，老年人，也许要以为我是在教坏了他们的子弟。呜呼，那么，一片苦心，竟是白费了。

然而倘说中国现在正如唐虞盛世，却又未免是"世故"之谈。耳闻目睹的不算，单是看看报章，也就可以知道社会上有多少不平，人们有多少冤抑。但对于这些事，除了有时或有同业，同乡，同族的人们来说几句呼吁的话之外，利害无关的人的义愤的声音，我们是很少听到的。这很分明，是大家不开口；或者以为和自己不相干；或者连"以为和自己不相干"的意思也全没有。"世故"深到不自觉其"深于世故"，这才真是"深于世故"的了。这是中国处世法的精义中的精义。

而且，对于看了我的劝导青年人的话，心以为非的人物，我还有一下反攻在这里。他是以我为狡猾的。但是，我的话里，一面固然显示着我的狡猾，而且无能，但一面也显示着社会的黑暗。他单责个人，正是最稳妥的办法，倘使兼责社会，可就得站出去战斗了。责人的"深于世故"而避开了"世"不谈，这是更"深于世故"的玩艺，倘若自己不觉得，那就更深更深了，离三昧境盖不远矣。

不过凡事一说，即落言筌，不再能得三昧。说"世故三昧"者，即非"世故三昧"。三昧真谛，在行而不言；我现在一说"行而不言"，却又失了真谛，离三昧境盖益远矣。

一切善知识，心知其意可也，唵[1]！

---

1 唵：佛经咒语的发声词。

吃饭的调味就是过人生

——朱自清

> 不加佐料的女婿，非不可取，却需要以合
> 适的女儿给他。

对于调味的态度，有两种不同的人：一是对每个菜（尤其是对西餐的每个菜）自己来一番加工；一是很少或简直不利用食桌上的调味品。从这一观点上来实习你的"动的相术"时，可以看出四种不同的性格来。

先说那爱给每一个菜加佐料的人吧。有些人为了表示自己有饮食修养，在适宜的菜里加些适宜的调味品，这女婿从吃的立场看是大可要得的；只是如果你的女儿不善烹饪时也很易受他的气。佐料需要在合适的时候加在合适的碟子里，而且需要合适的分量。另外有种恰好相反的人，他们非常爱加佐料，这是谈不上方才所说的饮食修养的。他们想把加佐料作为表演自己能力之方法，实际上他还是食而不知其味。

即知矣，也是近乎"不求甚解"的。以前曾经讲过那种爱在虾仁上浇醋的即是一例。有一位朋友爱茄汁如命，无论在汤、菜、冷盘碟，甚至在面、饭里都爱浇上好些茄汁。此君实在傻瓜也，难怪年逾"不惑"而没有人把女儿许配给他。在西菜的宴会也不乏兼爱茄汁和辣酱油的人吧，他们多半缺乏一种实验主义者的精神，弱点在保守、苟安、缺乏推动的能力和远见。假如是一个有深思而对饮食稍微留意的人，他将设法使自己体味到每个菜味的最微妙处。在这种微妙的滋味体会之前，他绝不会鲁莽地肯定那菜的好或坏，而随便地加佐料的。如果你希望你的女婿是一位有判断能力和进取心的青年，你先得观察他是否有判断饮食的精神——能力倒在其次。

然而对加佐料的态度也有一个例外，那是"地方性"。例如江苏人好甜，四川人爱辣，宁波人喜咸。喜欢酸和苦的人也有，有些地方的人爱"香"——葱、韭、蒜头之类，这些"香"味在江南许多地方是不习惯的。这种情形之下，"人不可貌相"，不能因为他爱韭菜而以为他的心地也"沆韭一气"；爱吃苦瓜的未必象征"人上人"的特质。不过多吃咸东西的人讲起话来比常人来得响亮，多半易于使人误会，那倒是事实。

至于不爱使用调味品的人也有两种：一种是敏感的，能虚心地去体味每个菜的鲜味，还有一种却相反地显得太老实了。如果你有一个"中庸"的女儿，不妨选两者中的任何一种人做你的女婿。如果她太老实时，那么把她配敏感的人容易处处引起他的不满，并且她将不了解他的内心痛苦；配给太老实的呢，这家庭便不容易改良，对于外来的侵袭也将不会应付。如果你的女儿是十分敏感的，你把她配给敏感的人吧，他们之间容易产生一种虚伪的生活，配给太老实的人就会使她寸步难行。故曰，不加佐料的女婿，非不可取，却需要以合适的女儿给他。婚姻的配合之道正如调味，原则是两者"调和"，而"调和"的方法是"不对立，但也不一致"。例如糖和盐，两极端也，等量地使用糖和盐做不出好菜来，单是糖或盐也调不出好味道。正如先前所说，太老实的女儿配太老实的女婿是不聪明的。

每个人有他特别爱好的菜，这种爱好的成因是很复杂的。你在这时要看的不是他爱什么菜——因为从这里得不到你相术的结论，而是看他怎样应付他心爱的菜。这样，你将看出两种不同的性格：显和隐。

这里我们先看一段小小的插曲。据说有一位小姐，自小到大不曾脱离过家里的咸黄鱼味，后来成了相当显著的人物，外来的川菜、粤菜、"番菜"，也习以为常了。但每当她偶尔在大菜之余见到小小的碟子里薄薄的两三片咸鱼时，眼光中就会透露出一种非常饥渴的不胜依恋的表情，这种至性之流露，连最好的导演也教不出来的。她的"隐"是有了八分成就，心里同时也有八分隐痛，假如有一天包围她的人们由于过分仰慕或诸如此类的理由要求她说一句最最内心的老实话时，她一定会热情地爆发出这样的呼声来："我爱咸黄鱼！"

"隐"而能看不出的，是为隐之上者，从眼光中看出"我要"的表情，像这段插曲中所提及的那位小姐，是为隐之下者。"上隐"富有涵养性，该防的是兼具政客的条件；"下隐"，人是不会坏的，病在假作聪明，爱以风雅多礼自居，不得意时恐怕要给人叫"户口米"，得意时会买进些假古董来观摩自得。

四位先生

——老舍

> 马宗融先生的表大概是、我想是一个装
> 饰品。

吴组缃先生的猪

从青木关到歌乐山一带，在我所认识的文友中要算吴组缃先生最为阔绰。他养着一口小花猪。据说，这小动物的身价，值六百元。

每次我去访组缃先生，必附带的向小花猪致敬，因为我与组缃先生核计过了：假若他与我共同登广告卖身，大概也不会有人出六百元来买！

有一天，我又到吴宅去。给小江——组缃先生的少爷——买了几个比醋还酸的桃子。拿着点东西，好搭讪着骗顿饭吃，否则就太不好意思了。一进门，我看见吴太太的脸比晚日还红。我心里一想，便想到了小花猪。假若小花猪丢了，或是出了别的毛病，组缃先生的阔绰便马上不存在了！一打听，果然是为了小花猪：它已绝食一天了。我很着急，急中生智，主张给它点奎宁吃，恐怕是打摆子。大家都不赞同我的主张。我又建议把它抱到床上盖上被子睡一觉，出点汗也许就好了；焉知道不是感冒呢？这年月的猪比人还娇贵呀！大家还是不赞成。后来，把猪医生请来了。我颇兴奋，要看看猪怎么吃药。猪医生把一些草药包在竹筒的大厚皮儿里，使小花猪横衔着，两头向后束在脖子上：这样，药味与药汁便慢慢走入里边去。把药包儿束好，小花猪的口中好像生了两个翅膀，倒并不难看。

虽然吴宅有此骚动，我还是在那里吃了午饭——自然稍微的有点不得劲儿！

过了两天，我又去看小花猪——这回是专程探病，绝不为看别人；我知道现在猪的价值有多大——小花猪口中已无那个药包，而且也吃点东西了。大家都很高兴，我就又就棍打腿的骗了顿饭吃，并且提出声明：到冬天，得分给我几斤腊肉！组缃先生与太太没加任何考虑便答应了。吴太太说："几斤？十斤也行！想想看，那天它要是一病不起……"大家听罢，都出了冷汗！

马宗融先生的时间观念

马宗融先生的表大概是，我想是一个装饰品。无论约他开会，还是吃饭，他总迟到一个多钟头，他的表并不慢。

来重庆，他多半是住在白象街的作家书屋。有的说也罢，没的说也罢，他总要谈到夜里两三点钟。假若不是别人都困得不出一声了，他还想不起上床去。有人陪着他谈，他能一直坐到第二天夜里两点钟。表、月亮、太阳，都不能引起他注意到时间。

比如说吧，下午三点他须到观音岩去开会，到两点半他还毫无动静。"宗融兄，不是三点，有会吗？该走了吧？"有人这样提醒他，他马上去戴上帽子，提起那有茶碗口粗的木棒，向外走。"七点吃饭。早回来呀！"大家告诉他。他回答声"一定回来"，便匆匆地走出去。

到三点的时候，你若出去，你会看见马宗融先生在门口与一位老太婆，或是两个小学生，谈话儿呢！即使不是这样，他在五点以前也不会走到观音岩。路上每遇到一位熟人，便要谈，至少有十分钟的话。若遇上打架吵嘴的，他得过去解劝，还许把别人劝开，而他与另一位劝架的打起来！遇上某处起火，他得帮着去救。有人追赶扒手，他必然得加

　心里种花，人生才不会荒芜

入，非捉到不可。看见某种新东西，他得过去问问价钱，不管买与不买。看到戏报子，马上他去借电话，问还有票没有……这样，他从白象街到观音岩，可以走一天，幸而他记得开会那件事，所以只走两三个钟头，到了开会的地方，即使大家已经散了会，他也得坐两点钟，他跟谁都谈得来，都谈得有趣，很亲切，很细腻。有人随便哼了一句二簧，他立刻请教给他；有人刚买一条绳子，他马上拿过来练习跳绳——五十岁了啊！

七点，他想起来回白象街吃饭，归路上，又照样的劝架，救火，追贼，问物价，打电话……至早，他在八点半左右走到目的地。满头大汗，三步当作两步走的。他走了进来，饭早已开过了。

所以，我们与友人定约会的时候，若说随便什么时间，早晨也好，晚上也好，反正我一天不出门，你哪时来也可以，我们便说"马宗融的时间吧"！

姚蓬子先生的砚台

作家书屋是个神秘的地方，不信你交到那里一份文稿，而三五日后再亲自去索回，你就必定不说我扯谎了。

进到书屋，十之八九你找不到书屋的主人——姚蓬子先生。他不定在哪里藏着呢。他的被褥是稿子，他的枕头是稿子，他的桌上、椅上、窗台上……全是稿子。简单的说吧，他被稿子埋起来了。当你要稿子的时候，你可以看见一个奇迹。假如说尊稿是十张纸写的吧，书屋主人会由枕头底下翻出两张，由裤袋里掏出三张，书架里找出两张，窗子上揭下一张，还欠两张。你别忙，他会由老鼠洞里拉出那两张，一点也不少。

单说蓬子先生的那块砚台，也足够惊人了！那是块无法形容的石砚。不圆不方，有许多角儿，有任何角度。有一点沿儿，豁口甚多，底子最奇，四周翘起，中间的一点凸出，如元宝之背，它会像陀螺似的在桌上乱转，还会一头高一头低地倾斜，如浪中之船。我老以为孙悟空就是由这块石头跳出去的！

到磨墨的时候，它会由桌子这一端滚到那一端，而且响如快跑的马车。我每晚十时必就寝，而对门儿书屋的主人要办事办到天亮。从十时到天亮，他至少研十次墨，一次比一次响——到夜最静的时候，大概连南岸都感到一点震动。从我到白象街起，我没做过一个好梦，刚一入梦，砚台来了一阵雷雨，梦为之断。在夏天，砚一响，我就起来拿臭虫。冬天可就不好办，只好咳嗽几声，使之闻之。

现在，我已交给作家书屋一本书，等到出版，我必定破费几十元，送给书屋主人一块平底的，不出声的砚台！

何容先生的戒烟

首先要声明：这里所说的烟是香烟，不是鸦片。

从武汉到重庆，我老同何容先生在一间屋子里，一直到前年八月间。在武汉的时候，我们都吸"大前门"或"使馆"牌；小大"英"似乎都不够味儿。到了重庆，小大"英"似乎变了质，越来越"够"味儿了，"前门"与"使馆"倒仿佛没了什么意思。慢慢的，"刀"牌与"哈德门"又变成我们的朋友，而与小大"英"，不管是谁的主动吧，好像冷淡得日悬一日，不久，"刀"牌与"哈德门"又与我们发生了意见，差不多要绝交的样子。何容先生就决心戒烟！

在他戒烟之前，我已声明过："先上吊。后戒烟！"本来吗，"弃妇抛雏"的流亡在外，吃不敢进大三元，喝么也不过是清一色（黄酒贵，只好吃点白干），女友不敢去交，男友一律是穷光蛋，住是二人一室，睡是臭虫满床，再不吸两枝香烟，还活着干吗？可是，一看何容先生戒烟，我到底受了感动，既觉自己无勇，又钦佩他的伟大；所以，他在屋里，我几乎不敢动手取烟，以免动摇他的坚决！

何容先生那天睡了十六个钟头，一枝烟没吸！醒来，已是黄昏，他便独自走出去。我没敢陪他出去，怕不留神递给他一枝烟，破了戒！掌灯之后，他回来了，满面红光，含着笑，从口袋中掏出一包土产卷烟来。"你尝尝这个，"他客气地让我，"才一个铜板一枝！有这个，似乎就不必戒烟了！没有必要！"把烟接过来，我没敢说什么，怕伤了他的尊严。面对面的，把烟燃上，我俩细细地欣赏。头一口就惊人，冒的是黄烟，我以为他误把爆竹买来了！听了一会儿，还好，并没有爆炸，就放胆继续地吸。吸了不到四五口，我看见蚊子都争着向外边飞，我很高兴。既吸烟，又驱蚊，太可贵了！再吸几口之后，墙上又发现了臭虫，大概也要搬家，我更高兴了！吸到了半支，何容先生与我也跑出去了，他低声地说："看样子，还得戒烟！"

何容先生二次戒烟，有半天之久。当天的下午，他买来了烟斗与烟叶。"几毛钱的烟叶，够吃三四天的，何必一定戒烟呢！"他说。吸了几天的烟斗，他发现了：（一）不便携带；（二）不用力，抽不到；用力，烟油射在舌头上；（三）费洋火；（四）须天天收拾，麻烦！有此四弊，他就戒烟斗，而又吸上香烟了。"始作卷烟者，其无后乎！"他说。

最近二年，何容先生不知戒了多少次烟了，而指头上始终是黄的。

自得其乐

> 到一个新地方，我不爱逛百货商场，却爱
> 逛菜市，菜市更有生活气息一些。

孙犁同志说写作是他的最好的休息。是这样。一个人在写作的时候是最充实的时候，也是最快乐的时候。凝眸既久（我在构思一篇作品时，我的孩子都说我在翻白眼），欣然命笔，人在一种甜美的兴奋和平时没有的敏锐之中，这样的时候，真是虽南面王不与易也。写成之后，觉得不错，提刀却立，四顾踌躇，对自己说："你小子还真有两下子！"此乐非局外人所能想象。但是一个人不能从早写到晚，那样就成了一架写作机器，总得岔乎岔乎，找点事情消遣消遣，通常说，得有点业余爱好。

我年轻时爱唱戏。起初唱青衣，梅派；后来改唱余派老生。大学三、四年级唱了一阵昆曲，吹了一阵笛子。后来到

剧团工作，就不再唱戏吹笛子了，因为剧团有许多专业名角，在他们面前吹唱，真成了班门弄斧，还是以藏拙为好。笛子本来还可以吹吹，我的笛风甚好，是"满口笛"，但是后来没法再吹，因为我的牙齿陆续掉光了，撒风漏气。

这些年来我的业余爱好，只有：写写字、画画画、做做菜。

我的字照说是有些基本功的。当然从描红模子开始。我记得我描的红模子是："暮春三月，江南草长，杂花生树，群莺乱飞。"这十六个字其实是很难写的，也许是写红模子的先生故意用这些结体复杂的字来折磨小孩子，而且红模子底子是欧字，这就更难落笔了。不过这也有好处，可以让孩子略窥笔意，知道字是不可以乱写的。大概在我十一二岁的时候，那年暑假，我的祖父忽然高了兴，要亲自教我《论语》，并日课大字一张，小字二十行。大字写《圭峰碑》、小字写《闲邪公家传》，这两本帖都是祖父从他的藏帖中选出来的。祖父认为我的字有点才分，奖了我一块猪肝紫端砚，是圆的，并且拿了几本初拓的字帖给我，让我常看看。我记得有小字《麻姑仙坛》、虞世南的《夫子庙堂碑》、褚遂良的《圣教序》。小学毕业的暑假，我在三姑父家从一个姓韦的先生读桐城派古文，并跟他学写字。韦先生是写魏碑的，但他让我临的却是《多宝塔》。初一暑假，我父亲拿了一本影印的《张猛龙碑》，说："你最好写写魏碑，这样字才有骨力。"我于是写了相当长时期《张猛龙》。用的是我父亲选购来的特殊的纸。这种纸是用稻草做的，纸质较粗，也厚，写魏碑很合适，用笔须沉着，不能浮滑。这种纸一张有二尺高，尺半宽，我每天写满一张。写《张猛龙》使我终身受益，到现在我的字的间架用笔还能看出痕迹。这以后，我没有认真临过帖，平常只是读帖而已。我于二王书未窥门径。写过一个很短时期的《乐毅论》，放下了，因为我很懒。《行穰》《丧乱》等帖我很欣赏，但我知道我写不来那样的字。我觉得王大令的字的确比王右军写得好。读颜真卿的《祭侄文》，觉得这才是真正的颜字，并且对颜书从二王来之说很信服。大学时，喜读宋四家。有人说中国书法一坏于颜真卿，二坏于宋四家，这话有道理。但我觉得宋人书是书法的一次解放，宋人字的特点是少拘束，有个性，我比较喜欢蔡京和米芾的字（苏东坡字太俗，黄山谷字做作）。有人说米字不可多看，多看则终身摆脱不开，想要升入晋唐，就不可能了。一点不错。但是有什么办法呢！打一个不太好听的比方，一写米字，犹如寡妇失了身，无法挽回了。我现在写的字有点《张猛龙》的底子、米字的意思，还加上一点乱七八糟的影响，形成我自己的那么一种体，格韵不高。

我也爱看汉碑。临过一遍《张迁碑》，《石门铭》《西狭颂》看看而已。我不喜欢《曹全碑》。盖汉碑好处全在筋骨开张，意态从容，《曹全碑》则过于整饬了。

我平日写字，多是小条幅，四尺宣纸一裁为四。这样把书桌上书籍信函往边上推推，摊开纸就能写了。正儿八经地拉开案子，铺了画毡，着意写字，好像练了一趟气功，是很累人的。我都是写行书。写真书，太吃力了。偶尔也写对联。曾在大理写了一副对子：

苍山负雪

洱海流云

字大径尺。字少，只能体兼隶篆。那天喝了一点酒，字写得飞扬霸悍，亦是快事。对联字稍多，则可写行书。为武夷山一招待所写过一副对子：

四围山色临窗秀

一夜溪声入梦清

字颇清秀，似明朝人书。

我画画，没有真正的师承。我父亲是个画家，画写意花卉，我小时爱看他画画，看他怎样布局（用指甲或笔杆的一头划几道印子），画花头，定枝梗，布叶，勾筋，收拾，题款，盖印。这样，我对用墨，用水，用色，略有领会。我从小学到初中，都"以画名"。初二的时候，画了一幅墨荷，裱出后挂在成绩展览室里。这大概是我的画第一次上裱。我读的高中重数理化，功课很紧，就不再画画。大学四年，也极少画画。工作之后，更是久废画笔了。当了右派，下放到一个农业科学研究所，结束劳动后，倒画了不少画，主要的"作品"是两套植物图谱，一套《中国马铃薯图谱》，一套《口蘑图谱》，一是淡水彩，一是钢笔画。摘了帽子回京，到剧团写剧本，没有人知道我能画两笔。重拈画笔，是运动促成的。运动中没完没了地写交代，实在是烦人，于是买了一刀元书纸，于写交代之空隙，瞎抹一气，少抒郁闷。这样就一发而不可收，重新拾起旧营生。有的朋友看见，要了去，挂在屋里，被人发现了，于是求画的人渐多。我的画其实没有什么看头，只是因为是作家的画，比较别致而已。

我也是画花卉的。我很喜欢徐青藤、陈白阳，喜欢李复堂，但受他们的影响不大。我的画不中不西，不今不古，真正是"写意"，带有很大的随意性。曾画了一幅紫藤，满纸淋漓，水气很足，几乎不辨花形。这幅画现在挂在我的家里。我的一个同乡来，问："这画画的是什么？"我说是："骤雨初晴。"他端详了一会，说："经你一说，是有点那个意思！"他还能看出彩墨之间的一些小块空白，是阳光。我常把后期印象派方法融入国画。我觉得中国画本来都是印象派，只是我这样做，更是有意识的而已。

画中国画还有一种乐趣，是可以在画上题诗，可寄一时意兴，抒感慨，也可以发一点牢骚，曾用干笔焦墨在浙江皮纸上画冬日菊花，题诗代简，寄给一个老朋友，诗是：

> 新沏清茶饭后烟，
> 自搔短发负晴暄。
> 枝头残菊开还好，
> 留得秋光过小年。

为宗璞画牡丹，只占纸的一角，题曰：

> 人间存一角，
> 聊放侧枝花。
> 欣然亦自得，
> 不共赤城霞。

宗璞把这首诗念给冯友兰先生听了，冯先生说："诗中有人。"

今年洛阳春寒，牡丹至期不开。张抗抗在洛阳等了几天，败兴而归，写了一篇散文《牡丹的拒绝》。我给她画了一幅画，红叶绿花，并题一诗：

> 看朱成碧且由他，
> 大道从来直似斜。
> 见说洛阳春索寞，
> 牡丹拒绝著繁花。

我的画，遣兴而已，只能自己玩玩，送人是不够格的。最近请人刻一闲章："只可自怡悦"，用以押角，是实在话。

体力充沛，材料凑手，做几个菜，是很有意思的。做菜，必须自己去买菜。提一菜筐，逛逛菜市，比空着手遛弯儿要"好白相"。到一个新地方，我不爱逛百货商场，却爱逛菜市，菜市更有生活气息一些。买菜的过程，也是构思的过程。想炒一盘雪里蕻冬笋，菜市场冬笋卖完了，却有新到的荷兰豌豆，只好临时"改戏"。做菜，也是一种轻量的运动。洗菜，切菜，炒菜，都得站着（没有人坐着炒菜的），这样对成天伏案的人，可以改换一下身体的姿势，是有好处的。

做菜待客，须看对象。聂华苓和保罗·安格尔夫妇到北京来，中国作协不知是哪一位，忽发奇想，在宴请几次后，让我在家里做几个菜招待他们，说是这样别致一点。我给做了几道菜，其中有一道煮干丝。这是淮扬菜。华苓是湖北人，年轻时是吃过的。但在美国不易吃到。她吃得非常惬意，连最后剩的一点汤都端起碗来喝掉了。不是这道菜如何稀罕，我只是有意逗引她的故国乡情耳。台湾女作家陈怡真（我在美国认识她），到北京来，指名要我给她做一回饭。我给她做了几个菜。一个是干烧小萝卜。我知道台湾没有"杨花萝卜"（只有白萝卜）。那几天正是北京小萝卜长得最足最嫩的时候。这个菜连我自己吃了都很惊诧：味道鲜甜如此！我还给她炒了一盘云南的干巴菌。台湾咋会有干巴菌呢？她吃了，还剩下一点，用一个塑料袋包起，说带到宾馆去吃。如果我给云南人炒一盘干巴菌，给扬州人煮一碗干丝，那就成了鲁迅请曹靖华吃柿霜糖了。

做菜要实践。要多吃，多问，多看（看菜谱），多做。一个菜点得试烧几回，才能掌握咸淡火候。冰糖肘子、乳腐肉，何时软入味，只有神而明之，但是更重要的是要富于想象。想得到，才能做得出。我曾用家乡拌荠菜法凉拌菠菜。半大菠菜（太老太嫩都不行），入开水锅焯至断生，捞出，去根切碎，入少盐，挤去汁，与香干（北京无香干，以熏干代）细丁、虾米、蒜末、姜末一起，在盘中抟成宝塔状，上桌后淋以麻油酱醋，推倒拌匀。有余姚作家尝后，说是"很像马兰头"。这道菜成了我家待不速之客的应急的保留节目。有一道菜，敢称是我的发明：塞肉回锅油条。油条切段，寸半许长，肉馅剁至成泥，入细葱花、少量榨菜或酱瓜末拌匀，塞入油条段中，入半开油锅重炸。嚼之酥碎，真可声动十里人。

我很欣赏《杨恽报孙会宗书》："田彼南山，芜秽不治。种一顷豆，落而为萁。人生行乐耳，须富贵何时。""人生行乐耳，须富贵何时"，说得何等潇洒。不知道为什么，汉宣帝竟因此把他腰斩了，我一直想不透。这样的话，也不许说么？

骂人的艺术

——梁实秋

> 想骂人的时候而不骂，时常在身体上弄出
>
> 毛病，所以想骂人时，骂骂何妨？

古今中外没有一个不骂人的人。骂人就是有道德观念的意思，因为在骂人的时候，至少在骂人者自己总觉得那人有该骂的地方。何者该骂，何者不该骂，这个抉择的标准，是极道德的。所以根本不骂人，大可不必。骂人是一种发泄感情的方法，尤其是那一种怨怒的感情。想骂人的时候而不骂，时常在身体上弄出毛病，所以想骂人时，骂骂何妨？

但是，骂人是一种高深的学问，不是人人都可以随便试的。有因为骂人挨嘴巴的，有因为骂人吃官司的，有因为骂人反被人骂的，这都是不会骂人的缘故。今以研究所得，公诸同好，或可为骂人时之一助乎？

（一）知己知彼

骂人是和动手打架一样的，你如其敢打人一拳，你先要自己忖度一下，你吃得起别人的一拳否。这叫作知己知彼。骂人也是一样。譬如你骂他是"屈死"，你先要反省，自己和"屈死"有无分别。你骂别人荒唐，你自己想想曾否吃喝嫖赌。否则别人回敬你一二句，你就受不了。所以别人若有某种短处，而足下也正有同病，那么你在骂他的时候，只得割爱。

（二）无骂不如己者

要骂人需要挑比你大一点的人物，比你漂亮一点的，或者比你坏得万倍而比你得势的人物。总之，你要骂人，那人无论在好的一方面或坏的一方面都要能胜过你，你才不吃亏。你骂大人物，就怕他不理你，他一回骂，你就算骂着了。因为身份相同的人才肯对骂。在坏的一方面胜过你的，你骂他就如教训一般，他即便回骂，一般人仍不会理会他的。假如你骂一个无关痛痒的人，你越骂他他越得意，时常可以把一个无名小卒骂出名了，你看冤与不冤？

（三）适可而止

骂大人物骂到他回骂的时候，便不可再骂；再骂则一般人对你必无同情，以为你是无理取闹。骂小人物骂到他不能回骂的时候，便不可再骂，再骂下去一般人对你也必无同情，以为你是欺负弱者。

（四）旁敲侧击

他偷东西，你骂他是贼；他抢东西，你骂他是盗，这是笨伯[1]。骂人必须先明虚实掩映之法，需要烘托旁衬，旁敲侧击，于要紧处只要一语便得，所谓杀人于咽喉处着刀。越要骂他你越要原谅他，即便说些恭维话亦不为过，这样骂法才能显得你所骂的句句是真实确凿，让旁人看起来也可见得你的度量。

（五）态度镇静

骂人最忌浮躁。一语不合，面红筋跳，暴躁如雷，此灌夫骂座[2]、泼妇骂街之术，不足以言骂人。善骂者必须态度镇静，行若无事。普通一般骂人，谁的声音高便算谁占理，谁的来势猛便算谁骂赢，唯真善骂人者，乃能避其锋而击其懈。你等他骂得疲倦的时候，你只消轻轻地回敬他一

---

1 笨伯：身体肥大、行动不灵巧的人，泛指愚笨者。

2 灌夫骂座：指灌夫酒后骂人泄愤，形容为人耿直敢言。灌夫，西汉著名将领。

句，让他再狂吼一阵。在他暴躁不堪的时候，你不妨对他冷笑几声，包管你不费力气，把他气得死去活来，骂得他针针见血。

（六）出言典雅

骂人要骂得微妙含蓄，你骂他一句要使他不甚觉得是骂，等到想过一遍才慢慢觉悟这句话不是好话，让他笑着的面孔由白而红，由红而紫，由紫而灰，这才是骂人的上乘。欲达到此种目的，深刻之用意固不可少，而典雅之言词则尤为重要。言词典雅则可使听者不致刺耳。如要骂人骂得典雅，则首先要在骂时万万别提起女人身上的某一部分，万万不要涉入生理学的范围。骂人一骂到生理学范围以内，底下再有什么话都不好说了。譬如你骂某甲，千万别提起他的令堂令妹。因为那样一来，便无是非可言，并且你自己也不免有令堂令妹，他若回敬起来，岂非势均力敌，半斤八两？再者骂人的时候最好不要加入种种难堪的名词，称呼起来总要客气，即使他是极卑鄙的小人，你也不妨称他先生，越客气，越骂得有力量。骂的时节最好引用他自己的词句，这不但可以使得他难堪，还可以减轻他对你的骂的力量。俗话少用，因为俗话一览无遗，不若典雅古文曲折含蓄。

（七）以退为进

两人对骂，而自己亦有理屈之处，则于开骂伊始，特宜注意，最好是毅然将自己理屈之处完全承认下来，即使道歉认错均不妨事。先把自己理屈之处轻轻遮掩过去，然后你再重整旗鼓，咄咄逼人，方可无后顾之忧。即使自己没有理屈的地方，也绝不可自行夸张，务必要谦逊不遑，把自己的位置降到一个不可再降的位置，然后骂起人来，自有一种公正光明的态度。否则你骂他一两句，他便以你个人的事反唇相讥，一场对骂，会变成两人私下口角，是非曲直，无从判断。所以骂人者自己要低声下气，此所谓以退为进。

（八）预设埋伏

你把这句话骂过去，你便要想想看，他将用什么话骂回来。有眼光的骂人者，便处处留神，或是先将他要骂你的话替他说出来，或是预先安设埋伏，令他骂回来的话失去效力。他骂你的话，你替他说出来，这便等于缴了他的械一般。预安设埋伏，便是在要攻击你的地方，你先轻轻地安下话根，然后他骂过来就等于枪弹打在沙包上，不能中伤。

（九）小题大做

如对方有该骂之处，而题目甚小，不值一骂，或你所知不多，不足一骂，那时节你便可用小题大做的方法，来扩大题目。先用诚恳而怀疑的态度引申对方的意思，由不紧要之点引到大题目上去，处处用严谨的逻辑逼他说出不逻辑的话来，或是逼他说出合于逻辑而不合乎理的话来，然后你再大举骂他，骂到体无完肤为止，而原来惹动你的小题目，轻轻一提便了。

（十）远交近攻

一个时候，只能骂一个人，或一种人，或一派人。决不宜多树敌。所以骂人的时候，万勿连累旁人，即使必须牵涉多人，你也要表示好意，否则回骂之声纷至沓来，使你无从应付。

骂人的艺术，一时所能想起来的有上面十条，信手拈来，并无条理。我做此文的用意，是助人骂人，同时也是想把骂人的技术揭破一点，供爱骂人者参考。挨骂的人看看，骂人的心理原来是这样的，也算是揭破一张黑幕给你瞧瞧！

第四章　笑语流年，岁月不改赤子心

说过去的一切不值得追忆和怀想，像是勇者？当前！当前！再来一个当前！「逝者如斯」，在当前的催逼急迫之下你还有余暇，还有丢不掉的闲情向过去凝思？这是懦弱心理的表现。为未来，我们都为未来努力，冲上前去！

第二度的青春

——梁遇春

> 为着儿女的恋爱而担心，去揣摩内中的甘
> 苦，宛如又蹚进情场。

人们到了相当年纪，大概不会再有春愁。就说偶然还涉
遐思，也不好意思出口了。

乡愁，那是许多人所逃不了的。有些人天生一副怀乡病
者的心境，天天惦念着他精神上的故乡。就是住在家乡里，
仍然忽忽如有所失，像个海外飘零的客子。就说把他们送到
乐园去，他们还是不胜惆怅，总是希冀企望着，想回到一个
他所不知道的地方。这些人想象出许多虚幻的境界，那是宗
教家的伊甸园，哲学家的伊比鸠鲁斯花园，诗人的 Elysium，
El Dorado，Arcadia[1]，来慰藉他们彷徨的心灵；可是若使把

---

1 指田园牧歌式的美妙地方。

他们放在他们所追求的天国里，他们也许又皱起眉头，拿着笔描写出另个理想世界了。思想无非是情感的具体表现，他们这些世外桃源只是他们不安心境的寄托。全是因为它们是不能实现的，所以才能够传达出他们这种没个为欢处的情怀；一旦不幸，理想变为事实，它们立刻就不配做他们这些情绪的象征了。说起来，真是可悲，然而也怪有趣。总之，这一班人大好年华都消磨于缪怀一个莫须有之乡，也从这里面得到他人所尝不到的无限乐趣。登楼远望云山外的云山，淌下的眼泪流到笑窝里去，这是他们的生活。吾友莫须有先生就是这么一个人，久不见他了，却常忆起他那泪痕里的微笑。

可是，人们到了相当年纪（又是这么一句话），对于自己的事情感到厌倦，觉得太空虚了，不值一想，这时连这一缕乡愁也将化为云烟了。其实人们一走出情场，失掉绮梦，对于自己种种的幻觉都消灭了，当下看出自己是个多么渺小无聊的汉子，正好像脱下戏衫的优伶，从缥缈世界坠到铁硬的事实世界，砰的一声把自己惊醒了。这时睁开眼睛，看到天上恒河沙数的群星，一佛一世界，回想自己风尘下过千万人已尝过，将来还有无数万人来尝的庸俗生活，对于自己怎能不灰心呢？当此"屏除丝竹入中年"时候，怎么好呢？

可是，人们到了相当年纪，免不了儿女累人，三更儿哭，可以搅你的清梦，一声爸爸，可以动你的心弦。烦恼自然多起来了，但是天下的乐趣都是烦恼带来的，烦恼使人不得不希望，希望却是一服包医百病的良方。做了只怕不愁，一生在艰苦的环境下面挣扎着，结果常是"穷"而不"愁"，所谓潦倒也就是麻木的意思。做人做到艳阳天气勾不起你的幽怨，故乡土物打不动你莼鲈之思，真是几乎无路可走了。还好有个父愁。虽然知道自己的一生是个失败，仿佛也看出天下无所谓成功的事情，已猜透成功等于失败这个哑谜了，居然清瘦地站在宇宙之外，默然与世无涉了；可是对于自己孩子们总有个莫名其妙的希望，大有我们自己既然如是塌台，难道他们也会这样吗的意思。只有没有道理的希望是真实的，永远有生气的，做父亲的人们明知小孩变成顽皮大人是种可伤的事情，却非常希望他们赶快长大。已看穿人性的腐朽同宇宙的乏味了，可是还希望他们来日有个花一般的生涯。为着他们，希望许多绝不可能的事情变为可能，为着他们，肯把自己重新掷到过去的幻觉里去，于是乎从他们的生活里去度自己第二次的青春，又是一场哀乐。为着儿

心里种花，人生才不会荒芜

女的恋爱而担心，去揣摩内中的甘苦，宛如又踱进情场。有时把儿女的痴梦拿来细味，自己不知不觉也走到梦里去了，孩提的想头和希望都占着做父亲者的心窝，虽然这些事他们从前曾经热烈地执着过，后来又颓然扔开了。人们下半生的心境又恢复到前半生那样了，有时从父愁里也产生出春愁和乡愁。

记得去年快有儿子时候，我的父亲从南方写信来说道："你现在也快做父亲了，有了孩子，一切要耐忍些。"我年来常常记起这几句话，感到这几句叮咛包括了整个人生。

去来今

——王统照

感受，在事物时间的当前引起心情的抖动，

不算生活的奢靡，也不算精神上的浪费。

"春山烟淡藤花落，好鸟时啼三两声。"

在往海边友人家的道中忽然想起了八年前的旧诗句。那时我也走过这里，一样的残春却是清晨。碧桃落尽，柳枝的影子反映水面已显出丰润的柔姿，风从山道上飏过来，挟着不惹人厌恶的海腥味，湿气颇重，朝霭若断若连——在山头，在密林的空隙，在草地上。刚刚是宿雨初晴，不像莺也不是拙笨的云雀，偶然送过几阵宛转清脆的啼音；淡笼的烟痕像被鸟语震得微动的丝网，荡一下——那样轻，那样快，几乎非视力所能辨别，也许我的"心眼"在不可捉摸的影像上作幻觉的活动（是心动，是物动，正不易说清，横竖是没有证据的事。）？弱光的金线从东南方射出，与高，下，横断的淡青色的"丝网"缠在一起，光与色的融合无从辨别，却像有神奇的爱力黏合在一起。四围，林檎树的大圆叶子，层叠如波浪的马尾松，玲珑楼房窗前的盆花，绿漪上飘浮的碎萍，它们都微笑着。它们受着薄霭的温浴；它们迎恋着朝旭的华光；它们愉快地为青春生命开始活动，显出自然满足的骄傲。一切都有生力的跃动与活气的蓬勃。

然而我那两句偶成的旧体诗还不一样堕入旧人的圈套，有甚么表出呢，对自己那一瞬间的感受与对客观世界心理的解剖？

诗句，只能刻画已属下乘，何况连刻画都偏而不全，如是拙笨！

自然看风景的一点，割人生的一段，望四面明镜的一角，便能有一点微小的享受，有一份独自会心的兴感，否则如何解释"相看两不厌，独有敬亭山"的诗意？

感受，在事物时间的当前引起心情的抖动，不算生活的奢靡，也不算精神上的浪费。不见？小姑娘在高坡上撷得一枝山花便欣然地忘了疲苦，汗流浃背的劳人有时还得哼几句不成腔调的皮黄——他们绝不会因一枝山花，几句剧词，便容易忘怀了世间的痛苦，得到这一瞬间的享受也麻醉不了他们的灵魂，除非环境能给他们安排下只有快乐，没有悲苦激刺的人生。"夫有劝，有诅，有喜，有怒，然后有间而可入。"悲欢忧喜的交织，正是人间竞争奋进的机键，盈于此则缺于彼；有的承受便有的进展。是人生谁也逃不出自然的圈套，当然，其间有高下，好，坏的分别相。

说过去的一切不值得追忆和怀想，像是勇者？当前！当前！再来一个当前！"逝者如斯"，在当前的催逼急迫之下你还有余暇，还有丢不掉的闲情向过去凝思？这是懦弱心理的表现。为未来，我们都为未来努力，冲上前去！（或者换四个更动人的字是"迎头赶上"）向回头看，对已往的足迹还在联想上留一点点迟回的念头，那，你便是勇气不够，"是落伍者。"……对于这样"气盛言宜"的责备与鼓励，分辩不得，解说不了，除却低首无语外能有甚么答复？不过，"逝者如斯，"因有已逝的"过去"，才分外对正在逝的"现在"加意珍惜；加意整顿全神对它生发出甚深的感动；同时也加意倾向于不免终为逝者的"未来"。这正是一条韧力的链环，无此环彼环何能套定，只有一个环根本上成不了有力的链子。打断"过去"，说现在只是现在，那末，这两个字便有疑义，对未来的信念亦易动摇。我们不能轻视了名词；

有此名词它必有所附丽，无其事，无其意义，完全泯没了痕迹，以为一切都像美猴王从石头缝里进出来地，那么迅速，神奇，不可思议；以为我们凭空能创造出世间的奇迹？现在，现在，以为唯此二字是推动文化的法宝，这未免看得太容易了？

据说生活力基于从理化学原则的原子运动，而为运动主因的则在原子中"牵引""反拨"两种力量的起伏。一方显露出成为现势力，一方隐藏着成为潜势力，而势力的总量始终不变。两者共同存在，共同作力之运动，方能形成生活现象。时间，在一切生活现象中谁能否认它那伟大的力量。"一弹指顷去来今，"先有所承，后有所启，不必讲甚么演化的史迹，人类的精神作用，如果抹去了时间，那有作用的领域便有限得很；人类的思与感如果没有相当的刺激与反应，思与感是否还能存在？有欲望，兴趣的探索，推动，方能有努力的获得。他的"嗜好的灵魂"绝不是无因而至，要把这些欲望，兴趣，引动起来，向"现在"深深投入，把握得住，对"未来"映现出一条光宽道路。我们无论怎样武断，那能把隐藏的潜势力看做无足轻重，亚里士多德主张"宇宙的历程是一种实现的历程，Process of Realization"。历程须有所经，讲实现岂能蔑视了已成"过去"的，却仍在隐藏着的潜力。不过，这并非只主张保守一切与完全作骸骨迷恋的——只知过去不问现在者所可借口。

在明丽的光景中，"过去"曾给我的是一片生机，是欣欣向荣，奋发活动的兴趣。那刚从碧海里出浴的阳光；那四周都像忻忻微笑的面容；那在氛围中遏抑不住，掩藏不了的青春生活力的迸跃，过去么？年光不能倒流，无尽的时间中几个年头又是若何的迅速，短促！但轻烟柳影，啼鸟，绿林，海潮的壮歌，苍天的明洁，自然界与生物的黏着，密接，酝酿，融和，过去么？触于目，动于心，激奋在"嗜好的灵魂"中……一样把生力的跃动包住我的全身，挑起我的应感。

虽然，世局的变迁，人间的纠纷，几个年头要拢总来作一个总和，难道连一点"感慨山河艰难戎马"的真感都没有，只会发幻念里呆子的"妄想"？是的，朋友！只要我们不缺少生力的活跃，不处处时时只作徒然地"溅泪惊心"的空梦，在悲苦失望间把生力渐渐消沉，渐渐淡化了去——只凭焦灼，悲愁，未必便能增加多少向前冲去的力量罢？——对"过去"的印证还存有信心；"现在"的感受更提高了气力，"将来，"我们应分毫不迟疑，毫不犹豫地相信抓在我们的手中！何以故？因为还有我们生命力的存在；何以故？因为不曾丧失了我们的潜力；何以故？我们不消极地只是悲苦凄叹把日子空空度去！

在行道时，一样的残春风物却一样把过去的生命力在我的思念与感受中重交与我，他们正像是 Raised new mountains and spread delicious valleys for me（G.Eliot 的话），虽然说是"新的"，因为"过去"的印证却分外增强了我的认识与奋发。朋友，我希望不要用生活的奢靡与精神上的浪费两句话来责备我。

我永远相信"去，来，今"三者是人间世一串有力的链环。

想飞

——徐志摩

诗是翅膀上出世的，哲理是在空中盘旋的。

假如这时候窗子外有雪——街上，城墙上，屋脊上，都是雪，胡同口一家屋檐下偎着一个戴黑兜帽的巡警，半拢着睡眼，看棉团似的雪花在半空中跳着玩……假如这夜是一个深极了的啊，不是壁上挂钟的时针指示给我们看的深夜，这深就比是一个山洞的深，一个往下钻螺旋形的山洞的深……

假如我能有这样一个深夜，它那无底的阴森捻起我遍体的毫管；再能有窗子外不住往下筛的雪，筛淡了远近间扬动的市谣；筛泯了在泥道上挣扎的车轮；筛灭了脑壳中不妥协的潜流……

我要那深，我要那静。那在树荫浓密处躲着的夜鹰，轻易不敢在天光还在照亮时出来睁眼。思想：它也得等。

青天里有一点子黑的。正冲着太阳耀眼，望不真，你把手遮着眼，对着那两株树缝里瞧，黑的，有榧子来大，不，有桃子来大——嘿，又移着往西了！

我们吃了中饭出来到海边去。（这是英国康槐尔极南的一角，三面是大西洋。）勠丽丽的叫响从我们的脚底下匀匀的往上颤，齐着腰，到了肩高，过了头顶，高入了云，高出了云。啊！你能不能把一种急震的乐音想象成一阵光明的细雨，从蓝天里冲着这平铺着青绿的地面不住的下？不，那雨点都是跳舞的小脚，安琪儿的。云雀们也吃过了饭，离开了它们卑微的地巢飞往高处做工去。上帝给它们的工作，替上帝做的工作。瞧着，这儿一只，那边又起了两！一起就冲着天顶飞，小翅膀动活得多快活，圆圆的，不踌躇的飞，——它们就认识青天。一起就开口唱，小嗓子动活得多快活，一颗颗小精圆珠子直往外唾，亮亮的唾，脆脆的唾，——它们赞美的是青天。瞧着，这飞得多高，有豆子大，有芝麻大，黑刺刺的一屑，直顶着无底的天顶细细的摇，——这全看不见了，影子都没了！但这光明的细雨还是不住的下着……

飞。"其翼若垂天之云……背负青天而莫之夭阏者"；

那不容易见着。我们镇上东关厢外有一座黄泥山，山顶上有一座七层的塔，塔尖顶着天。塔院里常常打钟，钟声响动时，那在太阳西晒的时候多，一枝艳艳的大红花贴在西山的鬓边回照着塔山上的云彩，——钟声响动时，绕着塔顶尖，摩着塔顶天，穿着塔顶云，有一只两只，有时三只四只有时五只六只蜷着爪往地面瞧的"饿老鹰"，撑开了它们灰苍苍的大翅膀没挂恋似的在盘旋，在半空中浮着，在晚风中泅着，仿佛是按着塔院钟的波荡来练习圆舞似的。那是我做孩子时的"大鹏"。有时好天抬头不见一瓣云的时候听着豸虎忧忧的叫响，我们就知道那是宝塔上的饿老鹰寻食吃来了，这一想象半天里秃顶圆睛的英雄，我们背上的小翅膀骨上就仿佛齾出了一锉锉铁刷似的羽毛，摇起来呼呼响的，只一摆就冲出了书房门，钻入了玳瑁镶边的白云里玩儿去，谁耐烦站在先生书桌前晃着身子背早上上的多难背的书！啊，飞！不是那在树枝上矮矮的跳着的麻雀儿的飞，不是那凑天黑从堂匾后背冲出来赶蚊子吃的蝙蝠的飞，也不是那软尾巴软嗓子做窠在堂檐上的燕子的飞。要飞就得满天飞，风拦不住云挡不住的飞，一翅膀就跳过一座山头，影子下来遮得阴二十亩稻田的飞，到天晚飞倦了就来绕着那塔顶尖顺着风向打圆圈做梦……听说饿老鹰会抓小鸡！

飞。人们原来都是会飞的。天使们有翅膀，会飞，我们初来时也有翅膀，会飞。我们最初来就是飞了来的，有的做完了事还是飞了去，他们是可羡慕的。但大多数人是忘了飞的，有的翅膀上掉了毛不长再也飞不起来，有的翅膀叫胶水给胶住了再也拉不开，有的羽毛叫人给修短了像鸽子似的只会在地上跳，有的拿背上一对翅膀上当铺去典钱使过了期再也赎不回……真的，我们一过了做孩子的日子就掉了飞的本领。但没了翅膀或是翅膀坏了不能用是一件可怕的事。因为你再也飞不回去，你蹲在地上呆望着飞不上去的天，看旁人有福气的一程一程的在青云里逍遥，那多可怜。而且翅膀又不比是你脚上的鞋，穿烂了可以再问妈要一双去，翅膀可不成，折了一根毛就是一根，没法给补的。还有，单顾着你翅膀也还不定规到时候能飞，你这身子要是不谨慎养太肥了，翅膀力量小再也拖不起，也是一样难不是？一对小翅膀驮不起一个胖肚子，那情形多可笑！到时候你听人家高声的招呼说，朋友，回去吧，趁这天还有紫色的光，你听他们的翅膀在半空中沙沙的摇响，朵朵的春云跳过来拥着他们的肩背，望着最光明的来处，翩翩的，冉冉的，轻烟似的化出了你的视域，像云雀似的只留下一泻光明的骤雨——"Thou art unseen，but yet I hear thy shrill delight[1]"——那你，独自在泥涂里淹着，够多难受，够多懊恼，够多寒碜！趁早留神你的翅膀，朋友。

是人没有不想飞的，老是在这地面上爬着够多厌烦，不说别的。飞出这圈子，飞出这圈子！到云端里去，到云端里去！哪个心里不成天千百遍的这么想？飞上天空去浮着，看地球这弹丸在太空里滚着，从陆地看到海，从海再看回陆地。凌空去看一个明白——这才是做人的趣味，做人的权威，做人的交代。这皮囊要是太重挪不动，就掷了它，可能的话，飞出这圈子，飞出这圈子！

人类初发明用石器的时候，已经想长翅膀。想飞。猿人洞壁上画的四不像，它的背上掮着翅膀；拿着弓箭赶野兽的，他那肩背上也给安了翅膀。小爱神是有一对粉嫩的肉翅的。挨开拉斯[2]（Icarus）是人类飞行史里第一个英雄，第一

---

1 出自珀西·比希·雪莱诗歌《致云雀》，此句译为"虽然不见形影，却可以听得清你那欢乐的强音"。

2 今译"伊卡洛斯"，古希腊神话中建筑师和雕刻家代达罗斯之子。与其父粘蜡翅双双飞离克里特岛，因忘记父亲嘱咐飞近太阳，蜡翅被阳光熔化，坠爱琴海而死。

次牺牲。安琪儿（那是理想化的人）第一个标记是帮助他们飞行的翅膀。那也有沿革——你看西洋画上的表现。最初像是一对小精致的令旗，蝴蝶似的粘在安琪儿们的背上，像真的，不灵动的。渐渐的翅膀长大了，地位安准了，毛羽丰满了。画图上的天使们长上了真的可能的翅膀。人类初次实现了翅膀的观念，彻悟了飞行的意义。挨开拉斯闪不死的灵魂，回来投生又投生。人类最大的使命，是制造翅膀；最大的成功是飞！理想的极度，想象的止境，从人到神！诗是翅膀上出世的，哲理是在空中盘旋的。飞：超脱一切，笼盖一切，扫荡一切，吞吐一切。

你上那边山峰顶上试去，要是度不到这边山峰上，你就得到这万丈的深渊里去找你的葬身地！"这人形的鸟会有一天试他第一次的飞行，给这世界惊骇，使所有的著作赞美，给他所从来的栖息处永久的光荣。"啊达文謇！

但是飞？自从挨开拉斯以来，人类的工作是制造翅膀，还是束缚翅膀？这翅膀，承上了文明的重量，还能飞吗？都是飞了来的，还都能飞了回去吗？钳住了，烙住了，压住了，——这人形的鸟会有试他第一次飞行的一天吗？……

同时天上那一点子黑的已经迫近在我的头顶，形成了一架鸟形的机器，忽的机沿一侧，一球光直往下注，砰的一声炸响，——炸碎了我在飞行中的幻想，青天里平添了几堆破碎的浮云。

度日

——萧红

这不是孩子时候了，是在过日子，开始过日子。

天色连日阴沉下去，一点光也没有，完全灰色，灰得怎样程度呢？那和墨汁混到水盆中一样。

火炉台擦得很亮了，碗、筷子、小刀摆在格子上。清早起第一件事点起火炉来，而后擦地板，铺床。

炉铁板烧得很热时，我便站到火炉旁烧饭，刀子、匙子弄得很响。炉火在炉腔里起着小的爆炸，饭锅腾着气，葱花炸到油里，发出很香的烹调的气味。我细看葱花在油边滚着，渐渐变黄起来。……小洋刀好像剥着梨皮一样，把地豆刮得很白，很好看，去了皮的地豆呈乳黄色，柔和而有弹力。炉台上铺好一张纸，把地豆再切成薄片。饭已熟，地豆煎好。打开小窗望了望，院心几条小狗在戏耍。

家庭教师还没有下课，菜和米香引我回到炉前再吃两口，用匙子调一下饭，再调一下菜，很忙的样子像在偷吃。在地板上走了又走，一个钟头的课程还不到吗？于是再打开锅盖吞下几口。再从小窗望一望。我快要吃饱的时候，他才回来。习惯上知道一定是他，他都是在院心大声弄着嗓子响。我藏在门后等他，有时候我不等他寻到，就做着怪声跳出来。

早饭吃完以后，就是洗碗，刷锅，擦炉台，摆好木格子。假如有表，怕是十一点还多了！

再过三四个钟头，又是烧晚饭。他出去找职业，我在家里烧饭，我在家里等他。火炉台，我开始围着它转走起来。每天吃饭，睡觉，愁柴，愁米……

这一切给我一个印象：这不是孩子时候了，是在过日子，开始过日子。

我的理想家庭

——老舍

理想的生活，是家人健康，花草昌茂。

一个二十多岁的小伙子，讲恋爱，讲革命，讲志愿，似乎天地之间，唯我独尊，简直想不到组织家庭——结婚既是爱的坟墓，家庭根本上是英雄好汉的累赘。及至过了三十，革命成功与否，事情好歹不论，反正领略够了人情世故，壮气就差点事儿了。虽然明知家庭之累，等于投胎为马为牛，可是人生总不过如此，多少也都得经验一番，既不坚持独身，结婚倒也还容易。于是发帖子请客，笑着开驶倒车，苦乐容或相抵，反正至少凑个热闹。

到了四十，儿女已有二三，贫也好富也好，自己认头苦曳，对于年轻的朋友已经有好些个事儿说不到一处，而劝告他们老老实实地结婚，好早生儿养女，即是话不投缘的一例。到了这个年纪，设若还有理想，必是理想的家庭。倒退二十年，连这么一想也觉泄气。人生的矛盾可笑即在于此，年轻力壮，力求事事出轨，决不甘为火车；及至中年，心理的，生理的，种种理的什么什么，都使他不但非做火车不可，且做货车焉。把当初与现在一比较，判若两人，足够自己笑半天的！或有例外，实不多见。

明年我就四十了，已具说理想家庭的资格：大不必吹，盖亦自嘲。

我的理想家庭要有七间小平房：一间是客厅，古玩字画全非必要，只要几张很舒服宽松的椅子，一二小桌。一间书房，书籍不少，不管什么头版与古本，而都是我所爱读的。一张书桌，桌面是中国漆的，放上热茶杯不至烫成个圆白印儿。文具不讲究，可是都很好用。桌上老有一两枝鲜花，插在小瓶里。两间卧室，我独据一间，没有臭虫，而有一张极大极软的床。在这个床上，横睡直睡都可以，不论怎睡都一躺下就舒服合适，好像陷在棉花堆里，一点也不硬碰骨头。

还有一间，是预备给客人住的。此外是一间厨房，一个厕所，没有下房，因为根本不预备用仆人。家中不要电话，不要播音机，不要留声机，不要麻将牌，不要风扇，不要保险柜。缺乏的东西本来很多，不过这几项是故意不要的，有人白送给我也不要。

院子必须很大。靠墙有几株小果木树。除了一块长方的土地，平坦无草，足够打开太极拳的，其他的地方就都种着花草——没有一种珍贵费事的，只求昌茂多花。屋中至少有一只花猫，院中至少也有一两盆金鱼；小树上悬着小笼，二三绿蝈蝈随意地鸣着。

这就该说到人了。屋子不多，又不要仆人，人口自然不能很多：一妻和一儿一女就正合适。先生管擦地板与玻璃，打扫院子，收拾花木，给鱼换水，给蝈蝈一两块绿黄瓜或几个毛豆；并管上街送信买书等事宜。太太管做饭，女儿任助手——顶好是十二三岁，不准小也不准大，老是十二三岁。儿子顶好是三岁，既会讲话，又胖胖的会淘气。母女于做饭之外，就做点针线，看小弟弟。大件衣服拿到外边去洗，小件的随时自己涮一涮。

既然有这么多工作，自然就没有多少工夫去听戏看电影。不过在过生日的时候，全家就出去玩半天；接一位亲或友的老太太给看家。过生日什么的永远不请客受礼，亲友家送来的红白帖子，就一概扔在字纸篓里，除非那真需要帮助的，才送一些干礼去。到过节过年的时候，吃食从丰，而且可以买一通纸牌，大家打打"索儿胡"，赌铁蚕豆或花生米。

男的没有固定的职业；只是每天写点诗或小说，每千字卖上四五十元钱。女的也没事做，除了家务就读些书。儿女永不上学，由父母教给画图、唱歌、跳舞——乱蹦也算一种舞法——和文字、手工之类。等到他们长大，或者也会仗着绘画或写文章卖一点钱吃饭；不过这是后话，顶好暂且不提。

这一家子人，因为吃得简单干净，而一天到晚又不闲着，所以身体都很不坏。因为身体好，所以没有肝火，大家都不爱闹脾气。除了为小猫上房、金鱼甩子等事着急之外，谁也不急叱白脸的。

大家的相貌也都很体面，不令人望而生厌。衣服可并不讲究，都做得很结实朴素：永远不穿又臭又硬的皮鞋。男的很体面，可不露电影明星气；女的很健美，可不红唇卷毛的鼻子朝着天。孩子们都不卷着舌头说话，淘气而不讨厌。

这个家庭顶好是在北平，其次是成都或青岛，至坏也得在苏州。无论怎样吧，反正必须在中国，因为中国是顶文明顶平安的国家；理想的家庭必在理想的国内也。

一个人在途上

——郁达夫

> 自家在这世上，像这样的，已经成了一个
> 孤独者了……

在东车站的长廊下和女人分开以后，自家又剩了伶仃丁的一个。频年漂泊惯的两口儿，这一回的离散，倒也算不得什么特别，可是端午节那天，龙儿刚死，到这时候北京城里虽已起了秋风，但是计算起来，去儿子的死期，究竟还只有一百来天。在车座里，稍稍把意识恢复转来的时候，自家就想起了卢骚[1]晚年的作品《孤独散步者的梦想》[2]的头上的几句话：

---

1 现译为卢梭（1712—1778），法国启蒙思想家、哲学家。

2 今译《一个孤独的散步者的梦》。

自家除了己身以外，已经没有弟兄，没有邻人，没有朋友，没有社会了。自家在这世上，像这样的，已经成了一个孤独者了……

　　然而当年的卢骚还有弃养在孤儿院内的五个儿子，而我自己哩，连一个抚育到五岁的儿子都还抓不住！

　　离家的远别，本来也只为想养活妻儿。去年在某大学的被逐，是万料不到的事情。其后兵乱迭起，交通阻绝，当寒冬的十月，会病倒在沪上，也是谁也料想不到的。今年二月，好容易到得南方，静息了一年之半，谁知这刚养得出趣的龙儿又会遭此凶疾呢？

　　龙儿的病根，本是在广州得着，匆促北航，到了上海，接连接了几个北京来的电报。换船到天津，已经是旧历的五月初十。到家之夜，一见了门上的白纸条儿，心里已经跳得忙乱，从苍茫的暮色里赶到哥哥家中，见了衰病的她，因为在大众之前，勉强将感情压住。草草吃了夜饭，上床就寝，把电灯一灭，两人只有紧抱的痛哭，痛哭，痛哭，只是痛哭，气也换不过来，更哪里有说一句话的余裕？

　　受苦的时间，的确脱煞过去得太悠徐，今年的夏季，只是悲叹的连续。晚上上床，两口儿，哪敢提一句话？可怜这两个迷散的灵心，在电灯灭黑的黝暗里，所摸走的荒路，每会凑集在一条线上，这路的交叉点里，只有一块小小的墓碑，墓碑上只有"龙儿之墓"的四个红字。

妻儿因为在浙江老家内不能和母亲同住，不得已而搬往北京当时我在寄食的哥哥家去，是去年的四月中旬。那时候龙儿正长得肥满可爱，一举一动，处处教人欢喜。到了五月初，从某地回京，觉得哥哥家太狭小，就在什刹海的北岸，租定了一间渺小的住宅。夫妻两个日日和龙儿伴乐，闲时也常在北海的荷花深处，及门前的杨柳荫中带龙儿去走走。这一年的暑假，总算过得最快乐，最闲适。

秋风吹叶落的时候，别了龙儿和女人，再上某地大学去为朋友帮忙，当时他们俩还往西车站去送我来哩！这是去年秋晚的事情，想起来还同昨日的情形一样。

过了一月，某地的学校里发生事情，又回京了一次，在什刹海小住了两星期，本来打算不再出京了，然碍于朋友的面子，又不得不于一天寒风刺骨的黄昏，上西车站去乘车。这时候因为怕龙儿要哭，自己和女人，吃过晚饭，便只说要往哥哥家里去，只许他送我们到门口。记得那一天晚上他一个人和老妈子立在门口，等我们俩去了好远，还"爸爸！爸爸！"地叫了好几声。啊啊，这几声的呼唤，是我在这世上听到的他叫我的最后的声音！

出京之后，到某地住了一宵，就匆促逃往上海。接续便染了病，遇了强盗辈的争夺政权，其后赴南方暂住，一直到今年的五月，才返北京。

想起来，龙儿实在是一个填债的儿子，是当乱离困厄的这几年中间，特来安慰我和他娘的愁闷的使者！

自从他在安庆生落以来，我自己没有一天脱离过苦闷，没有一处安住到五个月以上。我的女人，也和我分担着十字架的重负，只是东西南北地奔波漂泊。然当日夜难安，悲苦得不了的时候，只教他的笑脸一开，女人和我，就可以把一切穷愁，丢在脑后。而今年五月初十待我赶到北京的时候，他的尸体，早已在妙光阁的广谊园地下躺着了。

他的病，说是脑膜炎。自从得病之日起，一直到旧历端午节的午时绝命的时候止，中间经过有一个多月的光景。平时被我们宠坏了的他，听说此番病里，却乖顺得非常。叫他吃药，他就大口地吃，叫他用冰枕，他就很柔顺地躺上。病后还能说话的时候，只问他的娘"爸爸几时回来？""爸爸在上海为我定做的小皮鞋，已经做好了没有？"我的女人，于惑乱之余，每幽幽地问他："龙！你晓得你这一场病，会不会死的？"他老是很不愿意地回答说："哪儿会死的哩？"据女人含泪地告诉我说，他的谈吐，绝不似一个五岁的小儿。

未病之前一个月的时候，有一天午后他在门口玩耍，看见西面来了一乘马车，马车里坐着一个戴灰白帽子的青年。他远远看见，就急忙丢下了伴侣，跑进屋里去叫他娘出来，说："爸爸回来了，爸爸回来了！"因为我去年离京时所戴的，是一样的一顶白灰呢帽。他娘跟他出来到门前，马车已经过去了，他就死劲地拉住了他娘，哭喊着说："爸爸怎么不家来吓？爸爸怎么不家来吓？"他娘说慰了半天，他还尽是哭着，这也是他娘含泪和我说的。现在回想起来，自己实在不该抛弃了他们，一个人在外面流荡，致使他那小小的灵心，常有这望远思亲之痛。

去年六月，搬往什刹海之后，有一次我们在堤上散步，因为他看见了人家的汽车，硬是哭着要坐，被我痛打了一顿。又有一次，也是因为要穿洋服，受了我的毒打。这实在只能怪我做父亲的没有能力，不能做洋服给他穿，雇汽车给他坐。早知他要这样的早死，我就是典当抢劫，也应该去弄一点钱来，满足他的无邪的欲望。到现在追想起来，实在觉得对他不起，实在是我太无容人之量了。

我女人说，濒死的前五天，在病院里，他连叫了几夜的爸爸！她问他"叫爸爸干什么？"他又不响了，停一会儿，就又再叫起来。到了旧历五月初三日，他已入了昏迷状态，医师替他抽骨髓，他只会直叫一声"干吗？"喉头的气管，咯咯在抽咽，眼睛只往上吊送，口头流些白沫，然而一口气总不肯断。他娘哭叫几声"龙！龙！"他的小眼角上，就会进流些眼泪出来，后来他娘看他苦得难过，倒对他说：

"龙！你若是没有命的，就好好地去吧！你是不是想等爸爸回来？就是你爸爸回来，也不过是这样的替你医治罢了。龙！你有什么不了的心愿呢？龙！与其这样的抽咽受苦，你还不如快快地去吧！"

他听了这一段话，眼角上的眼泪，更是涌流得厉害。到了旧历端午节的午时，他竟等不着我的回来，终于断气了。

丧葬之后，女人搬往哥哥家里，暂住了几天。我于五月十日晚上，下车赶到什刹海的寓宅，打门打了半天，没有应声，后来抬头一看，才见了一张告示邮差送信的白纸条。

自从龙儿生病以后，连日连夜看护久已倦了的她，又哪里经得起最后的这一个打击？自己当到京之夜，见了她的衰容，见了她的泪眼，又哪里能够不痛哭呢？

在哥哥家里小住了两三天，我因为想追求龙儿生前的遗迹，一定要女人和我仍复搬回什刹海的住宅去住它一两个月。

搬回去那天，一进上屋的门，就见了一张被他玩破的今年正月里的花灯。听说这张花灯，是南城大姨妈送他的，因为他自家烧破了一个窟窿，他还哭过好几次来的。

其次，便是上房里砖上的几堆烧纸钱的痕迹！当他下瘗时烧给他的。

院子里有一架葡萄，两棵枣树，去年采取葡萄枣子的时候，他站在树下，兜起了大褂，仰头在看树上的我。我摘取一颗，丢入了他的大褂兜里，他的哄笑声，要继续到三五分钟。今年这两棵枣树，结满了青青的枣子，风起的半夜里，老有熟极的枣子辞枝自落。女人和我，睡在床上，有时候且哭且谈，总要到更深人静，方能入睡。在这样的幽幽的谈话中间，最怕听的，就是这滴答的坠枣之声。

到京的第二日，和女人去看他的坟墓。先在一家南纸铺里买了许多冥府的钞票，预备去烧送给他。直到到了妙光阁的广谊园茔的门前，她方从呜咽里清醒过来，说："这是钞票，他一个小孩如何用得呢？"就又回车转来，到琉璃厂去买了些有孔的纸钱。她在坟前哭了一阵，把纸钱钞票烧化的时候，却叫着说：

"龙！这一堆是钞票，你收在那里，待长大了的时候再用，要买什么，你先拿这一堆钱去用吧！"

这一天在他的坟上坐着，我们直到午后七点，太阳平西的时候，才回家来。临走的时候，他娘还哭叫着说：

"龙！龙！你一个人在这里不怕冷静的吗？龙！龙！人家若来欺你，你晚上来告诉娘吧！你怎么不想回来了呢？你怎么梦也不来托一个呢？"

箱子里，还有许多散放着的他的小衣服。今年北京的天气，到七月中旬，已经是很冷了。当微凉的早晚，我们俩都想换上几件夹衣，然而因为怕见到他旧时的夹衣袍袜，我们俩却尽是一天一天地挨着，谁也不说出口来，说"要换上件夹衫"。

有一次和女人在那里睡午觉，她骤然从床上坐了起来，鞋也不穿，光着袜子，跑上了上房起坐室里，并且更掀帘跑上外面院子里去。我也莫名其妙跟着她跑到外面的时候，只见她在那里四面找寻什么，找寻不着，呆立了一会，她忽然放声哭了起来，并且抱住了我急急地追问说："你听不听见？你听不听见？"哭完之后，她才告诉我说，在半醒半睡的中间，她听见"娘！娘！"地叫了两声，的确是龙的声音，她很坚定地说："的确是龙回来了。"

北京的朋友亲戚，为安慰我们起见，今年夏天常请我们俩去吃饭听戏，她老不愿意和我同去，因为去年的六月，我们无论上哪里去玩，龙儿是常和我们在一处的。

今年的一个暑假，就是这样的，在悲叹和幻梦的中间消逝了。

这一回南方来催我就道的信，过于匆促，出发之前，我觉得还有一件大事情没有做了。

中秋节前新搬了家，为修理房屋，部署杂事，就忙了一个星期。出发之前，又因了种种琐事，不能抽出空来，再上龙儿的墓地里去探望一回。女人上东车站来送我上车的时候，我心里尽酸一阵痛一阵地在回念这一件恨事。有好几次想和她说出来，教她于两三日后再往妙光阁去探望一趟，但见了她的憔悴尽的颜色，和苦忍住的凄楚，又终于一句话也没有讲成。

现在去北京远了，去龙儿更远了，自家只一个人，只是孤伶仃的一个人，在这里继续此生中大约是完不了的漂泊。

刹那

——朱自清

着眼于全人生的人，往往忘记了他自己现在的生活。

我所谓"刹那"，指"极短的现在"而言。

在这个题目下面，我想略略说明我对于人生的态度。现在人说到人生，总要谈它的意义与价值；我觉得这种"谈"是没有意义与价值的。且看古今多少哲人，他们对于人生，都曾试作解人，议论纷纷，莫衷一是；他们"各思以其道易天下"，但是谁肯真个信从呢？——他们只有自慰自驱吧了！我觉得人生的意义与价值横竖是寻不着的；——至少现在的我们是如此——而求生的意志却是人人都有的。既然求生，当然要求好好的生。如何求好好的生，是我们各人"眼前的"最大的问题；而全人生的意义与价值却反是大而无当的东西，尽可搁在一旁，存而不论。因为要求好好的生，断不能用总解决的办法；若用总解决的办法，便是"好好的"三个字的意义，也尽够你一生的研究了，而"好好的生"终于不能努力去求的！这不是走入牛角湾里去了么？要求好好的生，须零碎解决，须随时随地去体会我生"相当的"意义与价值；我们所要体会的是刹那间的人生，不是上下古今东西南北的全人生！

着眼于全人生的人，往往忘记了他自己现在的生活。他们或以为人生的意义与价值在于过去；时时回顾着从前的黄金时代，涎垂三尺！而不知他们所回顾的黄金时代，实是传说的黄金时代！——就是真有黄金时代；区区的回顾又岂能将它招回来呢？他们又因为念旧的情怀，往往将自己的过去任情扩大，加以点染，作为回顾的资料，惆怅的因由。这种人将在惆怅，惋惜之中度了一生，永没有满足的现在——刹那也没有！惆怅惋惜常与彷徨相伴；他们将彷徨一生而无一刹那的成功的安息！这是何等的空虚呀。着眼于全人生的，或以为人生的意义与价值在于将来；时时等待着将来的奇迹。而将来的奇迹真成了奇迹，永不降临于笼着手，垫着脚，伸着颈，只知道"等待"的人！他们事事都等待"明天"去做，"今天"却专作为等待之用；自然的，到了明天，又须等待明天的明天了。这种人到了死的一日，将还留着许许多多明天"要"做的事——只好来生再做了吧！他们以将来自驱，在徒然的盼望里送了一生，成功的安慰不用说是没有的，于是也没有满足的一刹那！"虚空的虚空"便是他们的运命了！这两种人的毛病，都在远离了现在——尤其是眼前的一刹那。

着眼于现在的人未尝没有。自古所谓"及时行乐"，正是此种。但重在行乐，容易流于纵欲；结果偏向一端，仍不能得着健全的，谐和的发展——仍不能得着好好的生！况且所谓"及时行乐"，往往"醉翁之意不在酒"；不过借此掩盖悲哀，并非真正在行乐。杨恽说，"及时行乐耳；须富贵何时！"明明是不得志时的牢骚语。"遇饮酒时须饮酒，得高歌处且高歌"，明明是哀时事不可为而厌世的话。这都是消极的！消极的行乐，虽属及时，而意别有所寄；所以便不能认真做去，所以便不能体会行乐的一刹那的意义与价值——虽然行乐，不满足还是依然，甚至变本加厉呢！欧洲的颓废派，自荒于酒色，以求得刹那间官能的享乐为满足；在这些时候，他们见着美丽的幻象，认识了自己。他们的官能虽较从前人敏锐多多，但心情与纵欲的及时行乐的人正是大同小异。他们觉到现世的苦痛，已至忍无可忍的时候，才用颓废的方法，以求暂时的遗忘；正如糖面金鸡纳霜丸一般，面子上一点甜，里面却到心都是苦呀！友人某君说，颓废便是慢性的自杀，实能道出这一派的精微处。总之，无论行乐派，颓废派，深浅虽有不同，却都是"伤心人别有怀抱"；他们有意的或无意的企图"生之毁灭"。这是求生意志的消极的表现；这种表现当然不能算是好好的生了。他们面前的满足安慰他们的力量，决不抵他们背后的不满足压迫他们的力量；他们终于不能解脱自己，仅足使自己沉沦得更深而已！他们所认识的自己，只是被苦痛压得变形了的，虚空的自己；决不是充实的生命，决不是的！所以他们虽着眼于现在，而实未体会现在一刹那的生活的真味；他们不曾体会着一刹那的意义与价值，仍只是白辜负他们的刹那的现在！

我们目下第一不可离开现在，第二还应执着现在。我们应该深入现在的里面，用两只手搫牢它，愈牢愈好！已往的人生如何的美好，或如何的乏味而可憎；已往的我生如何的可珍惜，或如何的可厌弃，"现在"都可不必去管它，因为过去的已"过去"了。——孔子岂不说："往者不可谏"

么？将来的人生与我生，也应作如是观；无论是有望，是无望，是绝望，都还是未来的事，何必空空的操心呢？要晓得"现在"是最容易明白的；"现在"虽不是最好，却是最可努力的地方，就是我们最能管的地方。因为是最能管的，所以是最可爱的。古尔孟曾以葡萄喻人生：说早晨还酸，傍晚又太熟了，最可口的是正午时摘下的。这正午的一刹那，是最可爱的一刹那，便是现在。事情已过，追想是无用的；事情未来，预想也是无用的；只有在事情正来的时候，我们可以把捉它，发展它，改正它，补充它：使它健全，谐和，成为完满的一段落，一历程。历程的满足，给我们相当的欢喜。譬如我来此演讲，在讲的一刹那，我只专心致志地讲；决不想及演讲以前吃饭，看书等事，也不想及演讲以后发表讲稿，毁誉等事。——我说我所爱说的，说一句是一句，都是我心里的话。我说完一句时，心里便轻松了一些，这就是相当的快乐了。这种历程的满足，便是我所谓"我生相当的意义与价值"，便是"我们所能体会的刹那间的人生"。无论您对于全人生有如何的见解，这刹那间的意义与价值总是不可埋没的。您若说人生如电光泡影，则刹那便是光的一闪，影的一现。这光影虽是暂时的存在，但是有不是无，是实在不是空虚；这一闪一现便是实现，也便是发展——也便是历程的满足。您若说人生是不朽的，刹那的生当然也是不朽的。您若说人生向着死之路，那么，未死前的一刹那总是生，总值得好好的体会一番的；何况未死前还有无量数的刹那呢？您若说人生是无限的，好，刹那也可说是无限的。无论怎样说，刹那总是有的，总是真的；刹那间好好的生总可以体会的。好了，不要思前想后的了，耽误了"现在"，又是后来惋惜的资料，向谁去追索呀？你们"正在"做什么，就尽力做什么吧；最好的是-ing，可宝贵的-ing呀！你们要努力满足"此时此地此我"！——这叫做"三此"，又叫做刹那。

　　言尽于此，相信我的，不要再想，赶快去做你今晚的事吧；不相信的，也不要再想，赶快去做你今晚的事吧！

想我的母亲

——梁实秋

> 母亲说我乖，也说我孤僻。如今想想，一
> 个人能有多少时间可以偎在母亲身旁？

父母对子女的爱，子女对父母的爱，是神圣的。我写过一些杂忆的文字，不曾写过我的父母，因为关于这个题目我不敢轻易下笔。小民女士逼我写几句话，辞不获已，谨先略述二三小事以应，然已临文不胜风木之悲[1]。

我的母亲姓沈，杭州人。世居城内上羊市街。我在幼时曾侍母归宁，时外祖母尚在，年近八十。外祖父入学后，没有更进一步的功名，但是课子女读书甚严。我的母亲教导我们读书启蒙，尝说起她小时苦读的情形。她同我的两位舅父一起冬夜读书，冷得腿脚僵冻，取大竹篓一，实以败絮，三

1　风木之悲：比喻父母亡故，不及侍养的悲伤。

个人伸足其中以取暖。我当时听得惕然心惊，遂不敢荒嬉。我的母亲来我家时年甫十八九，以后操持家务尽瘁终身，不复有暇进修。

我同胞兄弟姊妹十一人，母亲的煦育之劳可想而知。我记得我母亲常于百忙之中抽空给我们几个较小的孩子们洗澡。我怕肥皂水流到眼里，我怕痒，总是躲躲闪闪，总是咯咯地笑个不住，母亲没有工夫和我们纠缠，随手一巴掌打在身上，边洗边打边笑。

北方的冬天冷，屋里虽然有火炉，睡时被褥还是凉似铁。尤其是钻进被窝之后，脖子后面透风，冷气顺着脊背吹了进来。我们几个孩子睡一个大炕，头朝外，一排四个被窝。母亲每晚看到我们钻进了被窝，叽叽喳喳地笑语不停，便过来把油灯吹熄，然后给我们一个个地把脖子后面的棉被塞紧，被窝立刻暖和起来，不知不觉地就睡着了。我不知道母亲用的什么手法，只知道她塞棉被带给我无可言说的温暖舒适，我至今想起来还是快乐的，可是那个感受不可复得了。

我从小不喜欢喧闹。祖父母生日照例院里搭台唱傀儡戏或滦州影。一过八点我便掉头而去进屋睡觉。母亲得暇便取出一个大簸箩，里面装的是针线剪尺一类的缝纫器材，她要做一下缝缝连连的工作，这时候我总是一声不响地偎在她的身旁，她赶我走我也不走，有时候竟睡着了。母亲说我乖，也说我孤僻。如今想想，一个人能有多少时间可以偎在母亲身旁？

在我的儿时记忆中，我母亲好像是没有时候睡觉的。天亮就要起来，给我们梳小辫是一桩大事，一根一根地梳个没完。她自己要梳头，我记得她用一把抿子蘸着刨花水，把头发弄得锃光大亮。然后她要一听上房有动静便急忙前去当差。盖碗茶、燕窝、莲子、点心，都有人预备好了，但是需要她去双手捧着送到祖父母跟前，否则要儿媳妇做什么？在公婆面前，儿媳妇永远是站着的，没有座位的。足足地站几个钟头下来，不是缠足的女人怕也受不了！最苦的是，公婆年纪大，不过午夜不安歇，儿媳妇要跟着熬夜在一旁侍候。她困极了，有时候回到房里来不及脱衣服倒下便睡着了。虽然如此，母亲从来没有发过一句怨言。到了清末最后几年，祖父母相继去世，我母亲才稍得清闲，然而主持家政、教养儿女也够她劳苦的了。她抽暇隔几年返回杭州老家去度夏，有好几次都是由我随侍。

母亲爱她的家乡。在北京住了几十年，乡音不能完全改掉。我们常取笑她，例如北京的"京"，她说成"金"，她有时也跟我们学，总是学不好，她自己也觉得好笑。我有时学着说杭州话，她说难听死了，像是门口儿卖笋尖的小贩说的话。

我想一般人都会同意，凡是自己母亲做的菜永远都是最好吃的。我的母亲平常不下厨房，但是她高兴的时候，尤其是父亲亲自到市场买回鱼鲜或其他南货的时候，在父亲特烦之下，她也欣然操起刀俎。这时候我们就有福了。我十四岁离家到清华，每星期回家一天，母亲就特别疼爱我，几乎很少例外地要亲自给我炒一盘冬笋木耳韭菜黄肉丝，起锅时浇一勺花雕酒，这是我最喜欢的一道菜。但是这一盘菜一定要母亲自己炒，别人炒味道就不一样了。

我母亲喜欢在高兴的时候喝几盅酒。冬天午后围炉的时候，她常要我们打电话到长发叫五斤花雕，绿釉瓦罐，口上罩着一张毛边纸[1]，温热了倒在茶杯里和我们共饮。下酒的是

---

1 毛边纸：我国古代劳动人民用竹纤维制成的淡黄纸。呈淡黄色，没有抗水性能，托墨吸水性能好，既适于写字，又可用于印制古籍。

大落花生，若是有"抓空儿"的，买些干瘪的花生吃则更有味。我和两位姊姊陪母亲一顿吃完那一罐酒。后来我在四川独居无聊，一斤花生一罐茅台当晚饭，朋友们笑我吃"花酒"，其实是我母亲留下的作风。

我自从入了清华，以后和母亲在一起的时候就少了。抗战前后各有三年和母亲住在一起。母亲晚年喜欢听平剧[1]，最常去的地方是吉祥，因为离家近，打个电话给卖飞票的，总有好的座位。我很后悔，我没能分出时间陪她听戏，只是由我的姊姊弟弟们陪她消遣。

我父亲曾对我说，我们的家所以成为一个家，我们几个孩子所以能成为人，全是靠了我母亲的辛劳维护。一九四九年以后，音讯中断，直等到恢复联系，才知道母亲早已弃养，享寿九十岁。西俗，母亲节佩红康乃馨，如不确知母亲是否尚在则佩红白康乃馨各一。如今我只有佩白康乃馨的份了，养生送死，两俱有亏，惨痛惨痛！

---

1 平剧：京剧。

当年此夜在南京

——张恨水

> 我不了解他们是什么心理，但他们每走几
> 步，就对四周张望着，料想他们对南京有
> 一种留恋。

人生永远是向前的，用不着去回忆，但当前的环境，往往会把过去的事，重复地在脑筋里掀起，下面就是我脑筋里重复掀起的一页。

一钩新月，斜挂在马路的槐树上，推开窗向楼下看去，水泥路面，像下了一层薄薄的霜。路灯让月色盖住了，没有了每晚夜深那惨白色的光。只是像一颗亮星横在电线杆上，巡警严肃地立在槐树荫里，没有一点咳嗽的声息，一条由南到北长宽马路，也不见有一个人影。夜是分外的沉寂，但更向远看去，高低参差的房屋，在月光下一层层推了开去，在沉静中更显着南京的伟大。我想着南京的人，都觉悟了，当

神圣的战事快临到头上的时候，开始严肃起来。突破我的幻想，是一阵奇怪的汽车喇叭声，响着多勒梅的调子，把一辆乌亮的流线型汽车，带到了楼前的马路上。车窗里有灯光，虽是急忙地过去，还看到一张粉脸，靠在一位穿西装的男子肩上，她是倦极要睡了。

回头看看窗户里，那正是一家报馆的编辑部，五六个编辑围了一张极大的长桌子坐着。天花板上垂下来的电灯，照着各人拿了笔和剪刀，正在低头工作。各人面前，陈设着红黑笔画的油印稿纸。一位编辑放下了笔，取着面前的火柴与纸烟，抬起头来嘘了一口气，笑道：北平电话该来了。我问：何以知道？他说：刚过去的是某二爷的汽车，由于那响着多勒梅的汽车喇叭声，我知道。某某同学会今夜有跳舞，他去跳舞，非三钟不回来。那么，已到三点，我们的北平电话该来了。他把纸烟衔在嘴角，呼的一声划了一支火柴来燃着，表示着他的论断不会错误。果然桌上话机的电铃响了。拿起耳机来问，电话里的接线生告诉着，北平电话来了。

一分钟后，我左手捏着听筒，口对了传话的小喇叭管。人坐在桌边，右手拿了笔，按在面前的一张白纸上，我在电话里，与还在二千里地的一位北平朋友谈话。我说："预备好了。"朋友说："北平今天上午闷燥，很热，下午大雨。时局情形是如此。上午西便门外，大炮常响，真相不明。到下午三点钟，枪炮声猛烈发作，日兵有两千人向宛平县城猛攻。我方谈判代表，很抱悲观，时局更见严重。到天津火车，上午一度不通，下午又开出一次。明日情形难说。城内各处兵布岗位，上午重新布起，人数加多。"那位朋友，为了节省电话时间，一口气说了这么多。最后他问一句："南京怎么样？"我用什么话来答复他呢？我总不能说，某某同学会今晚有跳舞，夜深才散。我胡乱答应了他两个字："很好！"他又说了："哦！枪炮又响起来了！很猛烈。这响处地方扩大，由西南角到西北角……"到了这里，戛然而止，我喂了几声，另有个人答复我："北平电话发生故障。"我知道这声音是接线生，只好把话筒放下了。

当我接话的时候，编辑部里人的眼睛，都射在我身上。我听话的时候，面部情形紧张，他们面部的情形，也随着紧张。我放下听筒之后，大家不约而同地问了一声，"今天怎么样？"我觉得就是中国人心未死，谁都时刻注意华北时局的发展。我把电话中的报告，转告诉他们之后，大家都紧紧地皱起了眉头子，但我没有告诉他们北平朋友曾问了一句

"南京怎么样？"他们都是青年，我又何必让他们在工作时间愤慨起来呢？

三十分钟之后，我把听电话时候的速记，清理着写了一篇新闻稿。将稿交给排字房，我的紧张情绪过去，便打了两个呵欠。料理了几件琐事，和两个工作完毕的同事，下楼出了报馆。月亮更当了顶，照着马路像水洗了，夜半虽然无风，那空气压在人身上，也是凉习习的。但路上不是已往那般沉静，三三五五的老百姓，男子挑着担子，背着包袱，女人提了篮子，或抱了小孩，在马路树荫下连串地走。他们好像有些羞涩，又像有些恐惧，一言不发，在远道的树荫下消失了。但沙沙的脚步，擦着马路响，另是一批老百姓又来了。他们是南京或近郊的男女佣工，回江北老家去，连夜出挹江门，去赶火车或小轮船。我不了解他们是什么心理，但他们每走几步，就对四周张望着，料想他们对南京有一种留恋。

夜深了，没有车子，踏着月色，顺了马路向北走。很久，迎面来了两部卡车，车前没有折光灯，车上有什么也看不见，上面盖着一层布。两部车子的司机，似乎是穿着军服。它让着行人，很快地过去。只有这一点，带一些战时的气氛，然而，也就只有这一点。走近更宽的马路，这里有一家关上铺板的商店，露出灯光，噼噼啪啪，兀自送出播弄麻雀牌的声音来。我心里想着，我已是恨不得一步就踏到了家，可是眼前就有嫌疲劳不够的人，还在彻夜地找娱乐。我寻思着，走近了一个广场，那正是南京最有名的新街口。两位同行的朋友，走到此处，向东走去。我一个人绕了广场中间的花圃，继续北行。这里究竟有点两样，广场东北角的南京大厦，建筑好了最下一层的地基，木栅围的工厂里，亮着两盏汽油灯，打地基的机器在凹地里转着轰隆有声。对面某银行大楼，在路边电线杆上立的两盏反光电灯，大放光明，我不能估计是几千烛光，虽在月光下，照在银行的水泥墙上，那反光射入眼帘，几乎不能忍受。但能赏鉴这个灯光的，偌大新街口只有我一个人，我相信这是一种浪费。我又想到了北平的电话，朋友问我南京怎么样，我答复他这事实，夜深了，新街口还亮着几千烛的电灯，照着那水泥墙，朋友在北平炮火声中，必定认为是个奇迹，也许疑心我是在撒谎。

中山北路，是那么伟大，由南向北看去，一条宽大的透视线，直达目光所不能到处，缩成了一点。路灯悬在半空，越是远隔离越小，仿佛像一串亮星。不久，两道折光灯光射了过来，渐渐跑近，变成一辆流线型汽车，在面前电闪过去。车里没有亮灯，我不知道是否某二爷之流。但继续地又来了一辆车子，在我面前停住。车子上下来一个穿西服的，扶着一个女人，我不能看见女人是什么样子，路灯与月亮，照出她烫着发，穿着摩登的白色短大衣。那西服男子对车上挥着手说了一声：明日下午后湖会。于是汽车去了，他也扶了那女子进了路边的小巷。我看着呆了，我想着，也许北平的战事，要变成全面对日战争。我们凭着什么和人战争，就凭某二爷之流，深夜始归的男女？就凭深夜打麻雀的那种商人？就凭着南京大厦？就凭着某银行的反光灯？我在电话里告诉北平朋友说，南京很好！我欺骗了那朋友。

　　"起来，不愿做奴隶的人们！……"一阵风涌似的歌声，由珠江路响了起来。我迎上前两步，却见一队身穿青灰色制服的壮丁大队，横穿过中山北路。他们都是店员，小工，人家的雇工。但这时武装起来，整齐的步伐，激昂的歌喉，看起来和军队并无两样，还在深夜呢，他们已去下早操。我想起了某市长的话，这样的壮丁，南京市已有××万。是呵！中国有无穷的人力，只是南京一隅，便是如此。和日本全面抗战，凭什么？现在有了答复。假使明天的北平电话还通，我把这事告诉我的朋友。

偷闲的偷闲，出力的出力，抗战也非完全绝望。大时代来了，偷闲的总会慢慢淘汰的。我心里这般想着，让壮丁队过去了，继续地踏着马路边人行路。月亮光渐渐淡了，长空只剩了三五粒残星，天幕变成了鱼肚色。路转角的豆腐店门户洞开，灯光通明。锅灶上热气腾腾的，送出来一阵豆浆香。两三个挑着菜担子赶早市的小贩，由我身边抢了过去。深巷里喔喔喔，送出几声鸡叫，一切象征着天要黎明。"起来，不愿做奴隶的人们……起来！起来！"壮丁队的歌声，还隔着长空送了过来。

（又到了"七七"纪念，抗战踏入第五年头了，我辈由洪炉里陶熔出来的文人，是喜？是怒？是忧？是惧？老实说，这种情绪，我们也是无以形容。淡月如钩，银河清浅，山窗小坐，不期午夜。回忆当年，颇有所感，即燃烛草成此文。文中无多渲染，亦不甚经营，存其真也。笔者附识）

第五章 书卷伴青灯，足以慰平生

物以稀为贵。但是书究竟不是普通的货物。书是人类的智慧的结晶，经验的宝藏，所以尽管如今满坑满谷的都是书，书的价值不是用金钱可以衡量的。价廉未必货色差，畅销未必内容好。书的价值在于其内容的精到。

随便翻翻

——鲁迅

> 所以我想，无论是学文学的，学科学的，
> 他应该先看一部关于历史的简明而可靠
> 的书。

我想讲一点我的当作消闲的读书——随便翻翻。但如果弄得不好，会受害也说不定的。

我最初去读书的地方是私塾，第一本读的是《鉴略》，桌上除了这一本书和习字的描红格，对字（这是作诗的准备）的课本之外，不许有别的书。但后来竟也慢慢地认识字了，一认识字，对于书就发生了兴趣，家里原有两三箱破烂书，于是翻来翻去，大目的是找图画看，后来也看看文字。这样就成了习惯，书在手头，不管它是什么，总要拿来翻一下，或者看一遍序目，或者读几页内容，到得现在，还是如此，不用心，不费力，往往在作文或看非看不可的书籍之

后，觉得疲劳的时候，也拿这玩意来作消遣了，而且它也的确能够恢复疲劳。

倘要骗人，这方法很可以冒充博雅。现在有一些老实人，和我闲谈之后，常说我书是看得很多的，略谈一下，我也的确好像书看得很多，殊不知就为了常常随手翻翻的缘故，却并没有本本细看。还有一种很容易到手的秘本，是《四库书目提要》，倘还怕繁，那么，《简明目录》也可以，这可要细看，它能做成你好像看过许多书。不过我也曾用过正经工夫，如什么"国学"之类，请过先生指教，留心过学者所开的参考书目。结果都不满意。有些书目开得太多，要十来年才能看完，我还疑心他自己就没有看；只开几部的较好，可是这须看这位开书目的先生了，如果他是一位糊涂虫，那么，开出来的几部一定也是极顶糊涂书，不看还好，一看就糊涂。

我并不是说，天下没有指导后学看书的先生，有是有的，不过很难得。

这里只说我消闲的看书——有些正经人是反对的，以为这么一来，就"杂"！"杂"，现在又算是很坏的形容词。但我以为也有好处。譬如我们看一家的陈年账簿，每天写着"豆腐三文，青菜十文，鱼五十文，酱油一文"，就知先前这几个钱就可买一天的小菜，吃够一家；看一本旧历本，写着"不宜出行，不宜沐浴，不宜上梁"，就知道先前是有这么多的禁忌。看见了宋人笔记里的"食菜事魔"，明人笔记里的"十彪五虎"，就知道"哦呵，原来'古已有之'"。但看完一部书，都是些那时的名人轶事，某将军每餐要吃三十八碗饭，某先生体重一百七十五斤半；或是奇闻怪事，某村雷劈蜈蚣精，某妇产生人面蛇，毫无益处的也有。这时可得自己有主意了，知道这是帮闲文士所做的书。凡帮闲，他能令人消闲消得最坏，他用的是最坏的方法。倘不小心，被他诱过去，那就坠入陷阱，后来满脑子是某将军的饭量，某先生的体重，蜈蚣精和人面蛇了。

讲扶乩的书，讲婊子的书，倘有机会遇见，不要皱起眉头，显示憎厌之状，也可以翻一翻；明知道和自己意见相反的书，已经过时的书，也用一样的办法。例如杨光先的《不得已》是清初的著作，但看起来，他的思想是活着的，现在意见和他相近的人们正多得很。这也有一点危险，也就是怕被它诱过去。治法是多翻，翻来翻去，一多翻，就有比较，比较是医治受骗的好方子。乡下人常常误认一种硫化铜为金矿，空口是和他说不明白的，或者他还会赶紧藏起来，疑心你要白骗他的宝贝。但如果遇到一点真的金矿，只要用手掂一掂轻重，他就死心塌地：明白了。

"随便翻翻"是用各种别的矿石来比的方法，很费事，没有用真的金矿来比得明白，简单。我看现在青年的常在问人该读什么书，就是要看一看真金，免得受硫化铜的欺骗。而且一识得真金，一面也就真的识得了硫化铜，一举两得了。

但这样的好东西，在中国现有的书里，却不容易得到。我回忆自己的得到一点知识，真是苦得可怜。幼小时候，我知道中国在"盘古氏开辟天地"之后，有三皇五帝，……宋朝，元朝，明朝，"我大清"。到二十岁，又听说"我们"的成吉思汗征服欧洲，是"我们"最阔气的时代。到二十五岁，才知道所谓这"我们"最阔气的时代，其实是蒙古人征服了中国，我们做了奴才。直到今年八月里，因为要查一点故事，翻了三部蒙古史，这才明白蒙古人的征服"斡罗思"[1]，侵入匈奥，还在征服全中国之前，那时的成吉思还不

1　即俄罗斯。

是我们的汗，倒是俄人被奴的资格比我们老，应该他们说"我们的成吉思汗征服中国，是我们最阔气的时代"的。

我久不看现行的历史教科书了，不知道里面怎么说；但在报章杂志上，却有时还看见以成吉思汗自豪的文章。事情早已过去了，原没有什么大关系，但也许正有着大关系，而且无论如何，总是说些真实的好。所以我想，无论是学文学的，学科学的，他应该先看一部关于历史的简明而可靠的书。但如果他专讲天王星，或海王星，蛤蟆的神经细胞，或只咏梅花，叫妹妹，不发关于社会的议论，那么，自然，不看也可以的。

我自己，是因为懂一点日本文，在用日译本《世界史教程》和新出的《中国社会史》应应急的，都比我历来所见的历史书类说得明确。前一种中国曾有译本，但只有一本，后五本不译了，译得怎样，因为没有见过，不知道。后一种中国倒先有译本，叫作《中国社会发展史》，不过据日译者说，是多错误，有删节，靠不住的。

我还在希望中国有这两部书。又希望不要一哄而来，一哄而散，要译，就译他完；也不要删节，要删节，就得声明，但最好还是译得小心，完全，替作者和读者想一想。

漫谈读书

——梁实秋

人不读书，则尘俗生其间，照镜则面目可憎，对人则语言无味。

我们现代人读书真是幸福。古者"著于竹帛谓之书"，竹就是竹简，帛就是缣素。书是稀罕而珍贵的东西。一个人若能垂于竹帛，便可以不朽。孔子晚年读《易》，韦编三绝，用韧皮贯联竹简，翻来翻去以至于韧皮都断了，那时候读书多么吃力！后来有了纸，有了毛笔，书的制作比较方便，但在印刷之术未行以前，书的流传完全是靠抄写。我们看看唐人写经，以及许多古书的抄本，可以知道一本书得来非易。自从有了印刷术，刻版、活字、石印、影印，乃至于显微胶片，读书的方便无以复加。

物以稀为贵。但是书究竟不是普通的货物。书是人类的智慧的结晶，经验的宝藏，所以尽管如今满坑满谷的都是书，书的价值不是用金钱可以衡量的。价廉未必货色差，畅销未必内容好。书的价值在于其内容的精到。宋太宗每天读《太平御览》等书二卷，漏了一天则以后追补。他说："开卷有益，朕不以为劳也。"这是"开卷有益"一语之由来。《太平御览》采集群书一千六百余种，分为五十五门，历代典籍尽萃于是，宋太宗日理万机之暇日览两卷，当然可以说是"开卷有益"。如今我们的书太多了，纵不说粗制滥造，至少是种类繁多，接触的方面甚广。我们读书要有抉择，否则不但无益而且浪费时间。

那么读什么书呢？这就要看各人的兴趣和需要。在学校里，如果能在教师里遇到一两位有学问的，那是最幸运的事，他能适当地指点我们读书的门径。离开学校就只有靠自己了。读书，永远不恨其晚。晚，比永远不读强。有一个原则也许是值得考虑的：作为一个道地的中国人，有些部书是非读不可的。这与行业无关，理工科的、财经界的、文法门的，都需要读一些蔚成中国文化传统的书。经书当然是其中重要的一部分，史书也一样重要。盲目地读经不可以提倡，意义模糊的所谓"国学"亦不能餍现代人之望。一系列的古书是我们应该以现代眼光去了解的。

黄山谷说："人不读书，则尘俗生其间，照镜则面目可憎，对人则语言无味。"细味其言，觉得似有道理。事实上，我们所看到的人，确实是面目可憎、语言无味的居多。我曾思索，其中因果关系安在？何以不读书便面目可憎、语言无味？我想也许是因为读书等于是尚友古人，而且那些著书立说的古人必定是一时才俊，与古人游不知不觉受其熏染，终乃收改变气质之功，境界既高，胸襟既广，脸上自然透露出一股清醇爽朗之气，无以名之，名之曰书卷气。同时在谈吐上也自然高远不俗。反过来说，人不读书，则所为何事，大概是陷身于世网尘劳，困厄于名缰利锁，五烧六蔽，苦恼烦心，自然面目可憎，焉能语言有味？

当然，改变气质不一定要靠读书。例如，艺术家就另有一种修为。"伯牙学琴于成连先生，三年不成。成连言吾师方子春今在东海中，能移人情。乃与伯牙偕往，到蓬莱山，留伯牙宿，曰：'子居习之，吾将迎师。'刺船而去，旬时不返。伯牙延望无人，但闻海水汩洞崩坼之声，山林宫冥，群鸟悲号，怆然叹曰：'先生将移我情。'乃援琴而歌，曲成，成连刺船迎之而返。伯牙之琴，遂妙天下。"这一段记载，写音乐家之被自然改变气质，虽然神秘，不是不可理解的。

禅宗教外别传，根本不立文字，靠了顿悟即能明心见性。这究竟是生有异禀的人之超绝的成就。以我们一般人而言，最简便的修养方法还是读书。

书，本身就有情趣，可爱。大大小小形形色色的书，立在架上，放在案头，摆在枕边，无往而不宜。好的版本尤其可喜。我对线装书有一分偏爱。吴稚晖先生曾主张把线装书一律丢在茅厕坑里，这偏激之言令人听了不大舒服。如果一定要丢在茅厕坑里，我丢洋装书，舍不得丢线装书。可惜现在线装书很少见了，就像穿长袍的人一样稀罕。几十年前我搜求杜诗版本，看到古逸丛书影印宋版蔡孟弼《草堂诗笺》[1]，真是爱玩不忍释手，想见原本之版面大，刻字精，其纸张、墨色亦均属上选。在校勘上、笺注上此书不见得有多少价值，可是这部书本身确是无上的艺术品。

1　应为蔡梦弼《杜工部草堂诗笺》，系梁实秋笔误。

原生态

——史铁生

人类的发言，尤其发问，是在有书之前。

　　大家争论问题，有一位，坏毛病，总要从对手群中挑出个厚道的来斥问："读过几本书呀，你就说话！"这世上有些话，似乎谁先抢到嘴里谁就占了优势，比如"您这是诡辩""您这人虚伪""你们这些知识分子呀"——不说理，先定性，置人于越反驳越要得其印证的地位，此谓"强人"。问题是，读过几本书才能说话呢？有标准没有？一百本还是一万本？厚道的人不善反诘，强人于是屡战屡"胜"。其实呢，谁心里都明白，这叫虚张声势，还叫自以为得计。孔子和老子读过几本书呢？苏格拉底和亚里士多德读过几本书呢？那年月统共也没有多少书吧。人类的发言，尤其发问，是在有书之前。先哲们先于书看见了生命的疑难，思之不解或知有不足，这才写书、读书，为的是交流而非战胜，这就叫"原生态"。原生态的持疑与解疑，原生态的写书与读书，原生态的讨论或争论，以及原生态的歌与舞。先哲们断不会因为谁能列出一份书单就信服谁。

随着原生态的歌舞被推上大雅之堂，原生态又要变味儿似的。一说原生态，想到的就是穷乡僻壤，尤其少数民族。好像只有那儿来的东西才是原生态，只要是那儿来的东西就是原生态。原生态似要由土特产公司专购专销。自认为"主流话语"的文化人，便也都寻宝般地挤上了西去的列车。这算不算政治不正确？人家的"边缘"凭啥要由你这"主流"来鉴定？"原生态"凭啥要由"现代"和"后现代"来表彰？再问：你是怎样发现了原生态的呢？根据你的"没有"，还是根据你的"曾有"和"想有"？若非曾有，便不可能认出那是什么；认不出那是什么，就不会想有；若断定咱自己不可能有，千里迢迢把它们弄来都市，莫非只看那是文明遗漏的稀罕物儿？打小没吃过的东西你不会想吃它，都市人若命定与原生态无关，大家也就不会为之感动。原生态，其实什么地方都曾有，什么时候也都能有，倒是让种种"文化"给弄乱了——此也文化，彼也文化，书读得太多倒说昏话；东也来风，西也来风，风追得太紧即近发疯。有次开会，一位青年作家担忧地问我："您这身体，还怎么去农村呢？"我说是呀，去不成了。他沉默了又沉默，终于还是忍不住说："那您以后还怎么写作？"

原生态，啥意思？原——最初的；生——生命，或对于生命的；态——态度，心态乃至神态。不能是状态。"最初的状态"容易让人想起野生物种，想起DNA、RNA，甚至于"平等的物质"。想到"平等的物质"，倒像是一种原生态思考——要问问人压根儿是打哪儿来的，历尽艰辛又终于能到哪儿去。当然了，想没想错要另说。可要是一上来想的就是：不想当元帅的士兵就不是好士兵，没得过奖的作家就不是好作家，因而要掌握种种奖项——尤其那个顶尖的"诺奖"——的配方，比如说一要有民族特色，二要是边缘话语，三还得原生态……可这还能是原生态吗？原生态，跟"零度写作"是一码事。零度，既指向生命之初——人一落生就要有的那种处境，也指向生命终点——一直到死，人都无法脱离的那个地位。比如你以个体落生于群体时的恐慌，你以有限面对无限时的孤弱，你满怀梦想而步入现实时的谨慎，甚至是沮丧……还有对死亡的猜想，以及你终会发现，一切死亡猜想都不过是生者的一段鲜活时光。此类事项若不及问津，只怕是"上天入地求之遍"也难得原生态。这世上谜题千万，有一道值六十分，其余的分数你全拿满也还是不及格，士兵许三多给出了此题的圆满答案。

许三多和成才同出一乡，前者是原生的心态——"要好好活"，"要做有意义的事"，后者却不知跳到几度去了——"不想当元帅的士兵就不是好士兵"。几百年来，拿破仑的这句话好像成了无可置疑的真理，其实未必。比如说人，人是由脑袋瓜子和脚巴丫子等等各司其职的一个整体，要是脚巴丫子总想当脑袋瓜子，或者脑袋瓜子看不起脚巴丫子，这人一准生病。史铁生的病就是这么来的，脚巴丫子不听脑袋瓜子的，还欺骗脑袋瓜子，致使其肌肉萎缩并骨质疏松；幸好它还没犯上到去代替脑袋瓜子，否则其人必将进而痴呆。脑袋瓜子要当好脑袋瓜子，比如说爱护脚巴丫子；脚巴丫子要当好脚巴丫子，比如说要听命于脑袋瓜子，同时将真实信息——是疼，是痒，是累——反馈给脑袋瓜子，这才能活蹦乱跳地是个健康人。

可照这么说就有个问题了：元帅生下来就是元帅吗？哪个元帅不曾是士兵？那就还有一问：你是只想当元帅呢，还是自信雄才大略，能打胜仗，才想当元帅的？倘是后者，雄才中必有一才：能够号令千万士兵协同作战——仗从来是要这么打的；大略中当含一略：先让那不想当士兵的士兵回家——不懂得当好士兵的士兵，怎能当好元帅？战争中的元帅，先要看自己是个士兵。可见，许三多的质朴信奉，既适用于士兵也适用于元帅。尤当战争结束，士兵和元帅携手回乡，就都能够继续活得好了。

"好好活"并"做有意义的事"，正是不可再有删减的原生态。比如是一条河的、从发源到入海都不可须臾有失的保养。元帅不是生命的根本，元帅也有想不开跳楼的。当然了，十度、百度、千万度，于这复杂纷繁的人间都可能是必要的，但别忘记零度，别忘记生命的原生态。一个人，有八十件羊绒衫，您说这是为了上哪儿去呢？一个人，把"读了多少书"当成一件暗器，您说他还能记得自己是打哪儿来的吗？比如唱歌，"大青石上卧白云，难活莫过是人想人"——没问题，原生态！"无论是东南风还是西北风，都是我的歌"呢，黄土地上的"许三多们"恐怕从未想到过这样的炫耀，也从不需要这样的"乐观"教育。比如画画，据说凡·高并未研究过多少画作，他说"实际上我们穿越大地，我们只是经历生活"，"我们从遥远的地方来，到遥远的地方去……我们是地球上的朝拜者和陌生人"，"（这儿）隐藏了对我的很多要求"，于是他笔下的草木发出着焦灼的呼喊，动荡的天空也便响彻了应答。而模仿他的，多只是模仿了他的奇诡笔触；收藏他的，则主要看那是一件值钱的东西。又比如政治，为了人民（安居乐业）的是原生态——政治压根儿就是为了办好这件事的，但也有些仅仅是为了赢得人民，他们要办的事情好像要更多些。再比如信仰，为了使自己的灵魂得其指点和拯救的，是原生态，为了去指挥别人的，就必须得编瞎话儿、弄光环了。比如婚姻，"父母之命、媒妁之言"似乎更古老，但那是原生态吗？爱情，才是原生态。爱情，最与写作相近，因而"时尚之命、评论家之言"断不可以为写作的根据，写作的根据是你自己的迷茫和迷恋、心愿与疑难。写作所以也叫创作，是说它轻视模仿和帮腔，看重的是无中生有，也叫想象力，即生命的无限可能性。以有限的生命，眺望无限的路途，说到底，还是我们从哪儿来，要到哪儿去。回到这生命的原生态，你会发现：爱情呀，信仰呀，政治呀……以及元帅和"诺奖"呀——的根，其实都在那儿，在同一个地方，或者说在同一种对生命的态度里。它们并不都在历史里，并不都在古老的风俗中，更不会拘于一时一域。果真是人的原生态，那就只能在人的心里，无论其何许人也。

有个人，整理好行装，带足了干粮和水，在早春出发，据说是要去南方找他的爱人，可结果，人们却在北方深冬的旷野里发现了他的尸体。要去南方却死在了北方，这期间发生了什么没人知道。（就像海明威猜不透那头豹子到雪线以上的山顶上去究竟是要干吗。）据此可以写一部长篇小说，不去农村也可以。对那段漫长或短暂的空白，你怎么猜想都行，怎么填写也都不会再得罪谁，但大方向无非两种：一是他忘记了原本是要去哪儿，一是他的爱人已移居北方。

谈读杂书

——汪曾祺

> 杂书的文字都写得比较随便，比较自然，不是正襟危坐，刻意为文，但自有情致，而且接近口语。

我读书很杂，毫无系统，也没有目的。随手抓起一本书来就看。觉得没意思，就丢开。我看杂书所用的时间比看文学作品和评论的要多得多。常看的是有关节令风物民俗的，如《荆楚岁时记》《东京梦华录》。其次是方志、游记，如《岭表录异》《岭外代答》。讲草木虫鱼的书我也爱看，如法布尔的《昆虫记》，吴其濬的《植物名实图考》，《花镜》。讲正经学问的书，只要写得通达而不迂腐的也很好看，如《癸巳类稿》。《十驾斋养新录》差一点，其中一部分也挺好玩。我也爱读书论、画论。有些书无法归类，如《宋提刑洗冤录》，这是讲验尸的。有些书本身内容就很庞杂，如《梦溪笔谈》《容斋随笔》之类的书，只好笼统地称之为笔记了。

读杂书至少有以下几种好处：第一，这是很好的休息。泡一杯茶懒懒地靠在沙发里，看杂书一册，这比打扑克要舒服得多。第二，可以增长知识，认识世界。我从法布尔的书里知道知了原来是个聋子，从吴其濬的书里知道古诗里的葵就是湖南、四川人现在还吃的冬苋菜，实在非常高兴。第三，可以学习语言。杂书的文字都写得比较随便，比较自然，不是正襟危坐，刻意为文，但自有情致，而且接近口语。一个现代作家从古人学语言，与其苦读《昭明文选》、"唐宋八家"，不如参看杂书。这样较易溶入自己的笔下。这是我的一点经验之谈。青年作家，不妨试试。第四，从杂书里可以悟出一些写小说，写散文的道理，尤其是书论和画论。包世臣《艺舟双楫》云："吴兴书笔，专用平顺，一点一画，一字一行，排次顶接而成。古帖字体，大小颇有相径庭者，如老翁携幼孙行，长短参差，而情意真挚，痛痒相关。吴兴书如士人入隘巷，鱼贯徐行，而争先竞后之色，人人见面，安能使上下左右空白有字哉！"他讲的是写字，写小说、散文不也正当如此吗？小说、散文的各部分，应该"情意真挚，痛痒相关"，这样才能做到"形散而神不散"。

读杂书的收获很多，我就以自己的感想谈这么一点。

读书

> 别人的书自然未必都好，可是至少给我一
> 点我不知道的东西。

　　若是学者才准念书，我就什么也不要说了。大概书不是
专为学者预备的；那么，我可要多嘴了。

　　从我一生下来直到如今，没人盼望我成个学者；我永远
喜欢服从多数人的意见。可是我爱念书。

　　书的种类很多，能和我有交情的可很少。我有决定念什
么的全权；自幼儿我就会逃学，愣挨板子也不肯说我爱《三
字经》和《百家姓》。对，《三字经》便可以代表一类——
这类书，据我看，顶好在判了无期徒刑以后去念，反正活着
也没多大味儿。这类书可真不少，不知道为什么；也许是犯
无期徒刑罪的太多；要不然便是太少——我自己就常想杀些
写这类书的人。我可是还没杀过一个，一来是因为——我才

明白过来——写这样书的人敢情有好些已经死了，比如写《尚书》的那位李二哥。二来是因为现在还有些人专爱念这类书，我不便得罪人太多了。顶好，我看是不管别人；我不爱念的就不动好了。好在，我爸爸没希望我成个学者。

第二类书也与咱无缘：书上满是公式，没有一个"然而"和"所以"。据说，这类书里藏着打开宇宙秘密的小金钥匙。我倒久想明白点真理，如地是圆的之类；可是这种书别扭，它老瞪着我。书不老老实实地当本书，瞪人干吗呀？我不能受这个气！有一回，一位朋友给我一本《相对论原理》，他说：明白这个就什么都明白了。我下了决心去念这本宝贝书。读了两个"配纸"，我遇上了一个公式。我跟它"相对"了两点多钟！往后边一看，公式还多了去啦！我知道和它们"相对"下去，它们也许不在乎，我还活着不呢？

可是我对这类书，老有点敬意。这类书和第一类有些不同，我看得出。第一类书不是没法懂，而是懂了以后使我更糊涂。以我现在的理解力——比上我七岁的时候，我现在满可以作圣人了——我能明白"人之初，性本善"。明白完了，紧跟着就糊涂了；昨儿个晚上，我还挨了小女儿——玫瑰唇的小天使——一个嘴巴。我知道这个小天使的性不本

心里种花，人生才不会荒芜

善，她才两岁。第二类书根本就看不懂，可是人家的纸上没印着一句废话；懂不懂的，人家不闹玄虚。它瞪我，或者我是该瞪。我的心这么一软，便把它好好放在书架上；好打好散，别太伤了和气。

这要说到第三类书了。其实这不该算一类；就这么算吧，顺嘴。这类书是这样的：名气挺大，念过的人总不肯说它坏，没念过的人老怪害羞地说将要念。譬如说"元曲"，太炎"先生"的文章，罗马的悲剧，辛克莱的小说，《大公报》——不知是哪儿出版的一本书——都算在这类里，这些书我也都拿起来过，随手便又放下了。这里还就属那本《大公报》有点劲。我不害羞，永远不说将要念。好些书的广告与威风是很大的，我只能承认那些广告做得不错，谁管它威风不威风呢。

"类"还多着呢，不便再说；有上面的三项也就足以证明我怎样的不高明了。该说读的方法。

怎样读书，在这里，是个自决的问题；我说我的，没勉强谁跟我学。第一，我读书没系统。借着什么，买着什么，遇着什么，就读什么。不懂的放下，使我糊涂的放下，没趣味的放下，不客气。我不能叫书管着我。

第二，读得很快，而不记住。书要都叫我记住，还要书干吗？书应该记住自己。对我，最讨厌的发问是："那个典故是哪儿的呢？""那句话是怎么来着？"我永不回答这样的考问，即使我记得。我又不是印刷机器养的，管你这一套！

读得快，因为我有时候跳过几页去。不合我的意，我就练习跳远。书要是不服气的话，来跳我呀！看侦探小说的时候，我先看最后的几页，省事。

第三，读完一本书，没有批评，谁也不告诉。一告诉就糟："嘿，你读《啼笑姻缘》？"要大家都不读《啼笑姻缘》，人家写它干吗呢？一批评就糟："尊家这点意见？"我不惹气。读完一本书再打通儿架，不上算。我有我的爱与不爱，存在我自己心里。我爱念什么就念，有什么心得我自己知道，这是种享受，虽然显着自私一点。

再说呢，我读书似乎只要求一点灵感。"印象甚佳"便是好书，我没工夫去细细分析它，所以根本便不能批评。"印象甚佳"有时候并不是全书的，而是书中的一段最入我的味；因为这一段使我对这全书有了好感；其实这一段的美或者正足以破坏了全体的美，但是我不去管；有一段叫我喜欢两天的，我就感谢不尽。因此，设若我真去批评，大概是高明不了。

第四，我不读自己的书，不愿谈论自己的书。"儿子是自己的好"，我还不晓得，因为自己还没有过儿子。有个小女儿，女儿能不能代表儿子，就不得而知。"老婆是别人的好"，我也不敢加以拥护，特别是在家里。但是我准知道，书是别人的好。别人的书自然未必都好，可是至少给我一点我不知道的东西。自己的，一提都头疼！自己的书，和自己的运气，好像永远是一对儿累赘。

第五，哼，算了吧。

买书

——朱自清

这部书还在，两三年前给换上了磁青纸的
皮儿，却显得配不上。

买书也是我的嗜好，和抽烟一样。但这两件事我其实都
不在行，尤其是买书。在北平这地方，像我那样买，像我买
的那些书，说出来真寒碜死人；不过本文所要说的既非诀
窍，也算不得经验，只是些小小的故事，想来也无妨的。

在家乡中学时候，家里每月给零用一元。大部分都报效
了一家广益书局，取回些杂志及新书。那老板姓张，有点儿
抽肩膀，老是捧着水烟袋；可是人好，我们不觉得他有市侩
气。他肯给我们这班孩子记账。每到节下，我总欠他一元多
钱。他催得并不怎么紧；向家里商量商量，先还个一元也就
成了。那时候最爱读的一本《佛学易解》（贾丰臻著，中华
书局印行）就是从张手里买的。那时候不买旧书，因为家里

有。只有一回，不知哪儿捡来《文心雕龙》的名字，急着想看，便去旧书铺访求：有一家拿出一部广州套版的，要一元钱，买不起；后来另买到一部，书品也还好，纸墨差些，却只花了小洋三角。这部书还在，两三年前给换上了磁青纸的皮儿，却显得配不上。

到北平来上学入了哲学系，还是喜欢找佛学书看。那时候佛经流通处在西城卧佛寺街鹫峰寺。在街口下了车，一直走，快到城根儿了，才看见那个寺。那是个阴沉沉的秋天下午，街上只有我一个人。到寺里买了《因明入正理论疏》《百法明门论疏》《翻译名义集》等。这股傻劲儿回味起来颇有意思；正像那回从天坛出来，挨着城根，独自个儿，探险似的穿过许多没人走的碱地去访陶然亭一样。在毕业的那年，到琉璃厂华洋书庄去，看见新版韦伯斯特大字典，定价才十四元。可是十四元并不容易找。想来想去，只好硬了心肠将结婚时候父亲给做的一件紫毛（猫皮）水獭领大氅亲手拿着，走到后门一家当铺里去，说当十四元钱。柜上人似乎没有什么留难就答应了。这件大氅是布面子，土式样，领子小而毛杂——原是用了两副"马蹄袖"拼凑起来的。父亲给做这件衣服，可很费了点张罗。拿去当的时候，也踌躇了一下，却终于舍不得那本字典。想着将来准赎出来就是了。想不到竟不能赎出来，这是直到现在翻那本字典时常引为遗憾的。

重来北平之后，有一年忽然想搜集一些杜诗。一家小书铺叫文雅堂的给找了不少，都不算贵；那伙计是个麻子，一脸笑，是铺子里少掌柜的。铺子靠他父亲支持，并没有什么好书；去年他父亲死了，他本人不大内行，让伙计吃了，现在长远不来了，他不知怎么样。说起杜诗，有一回，一家书铺送来高丽本《杜律分韵》，两本书，索价三百元。书极不相干而索价如此之高，荒谬之至，况且书面上原购者明明写着"以银二两得之"。第二天另一家送来一样的书，只要两元钱，我立刻买下。北平的书价，离奇有如此者。

旧历正月里厂甸的书摊值得看；有些人天天巡视去。我住得远，每年只去一个下午——上午摊儿少。土地祠内外人山人海摩肩接踵地来往。也买过些零碎东西；其中有一本是《伦敦竹枝词》，花了三毛钱。买来以后，恰好《论语》要稿子，选抄了些寄去，加上一点说明，居然得着五元稿费。这是仅有的一次，买的书赚了钱。

在伦敦的时候，从寓所出来，走过近旁小街。有一家小书店门口摆着一架旧书。上前去徘徊了一下，看见一本《牛津书话选》(*The Book Lovers' Anthology*)，烫花布面，装订不马虎，四百多面，本子也不小，准有七八成新，才一先令六便士，那时合中国一元三毛钱，比东安市场旧洋书还贱些。这选本节录许多名家诗文，说到书的各方面的；性质有点像叶德辉氏《书林清话》，但不像《清话》有系统；他们旨趣原是两样的。因为买这本书，结识了那掌柜的；他以后给我找了不少便宜的旧书。有一种书，他找不到旧的，便和我说，他们批购新书按七五扣，他愿意少赚一扣，按九扣卖给我。我没有要他这么办，但是很感谢他的好意。

橘子屋读书

——周作人

他的八股做不通，"四书"总是读过了的，依样画葫芦的教读一下，岂不就行了么。

一

蓝门的事真是一言难尽，从哪里说起好呢？根据橘子屋的线索，或是讲教书这一段吧，鲁迅在那里读《孟子》，大抵是壬辰年的事，在年代上也比较的早，应当说在先头。

蓝门里的主人比小孩们长两辈，平常叫他作明爷爷，他谱名乃是致祁，字子京。这里须得先回上去，略讲一点谱系，从始迁祖计算下来，致房的先人是九世，称佩兰公，智房十世瑞璋公，以下分派是十一世，兴房苓年公，行九，是鲁迅的曾祖，立房忘其字，行十二，诚房行十四，是兄弟三人。十二老太爷即是子京的父亲，在太平天国时失踪；据说他化装逃难，捉住后诡称是苦力，被派挑担，以后便不见回来，因此归入殉难的一类中，经清朝赏给云骑尉，世袭罔替。照例子京在拜忌日或上坟的时候是可以戴白石顶子的，可是他不愿意，去呈请掉换，也被批准以生员论，准其一体乡试。却又不知怎的不甘心，他还是千辛万苦的要去考秀才，结果是被批饬不准应试，因为文章实在写得太奇怪，考官以为是徐文长之流，在同他们开玩笑哩。实例是举不出来了，但还记得他的一句试帖诗，题目是什么"十月先开岭上梅"之类，他的第一句诗是"梅开泥欲死"，为什么泥会得死呢？这除了他自己是没有人能懂得的了。

二

子京的文章学问既然是那么的糟，为什么还请他教书的呢？这没有别的缘故，大概因为对门只隔一个明堂，也就只取其近便而已吧。他的八股做不通，"四书"总是读过了的，依样画葫芦的教读一下，岂不就行了么。

可是他实在太不行了，先说对课就出了毛病。不记得是什么字面了，总之有一个荔枝的荔字，他先写了草字头三个刀字，觉得不对，改作木边三个力字，拿回家去给伯宜公看见了，大约批了一句，第二天他大为惶恐，在课本上注了些自己谴责的话，只记得末了一句是"真真大白木"。不久却又出了笑话，给鲁迅对三字课，用叔偷桃对父攘羊，平仄不调倒是小事，他依据民间读音把东方朔写作"东方叔"了。最后一次是教读《孟子》，他偏要讲解，讲到《孟子》引《公刘》诗云，"乃裹餱粮"，他说这是表示公刘有那么穷困，他把活狲袋的粮食也咕的一下挤了出来，装在囊橐里带走，他这里显然是论声音不论形义，裹字的从衣，餱字的从食，一概不管，只取其咕与猴的二音，便成立了他的新经义了。传说以前有一回教他的儿子，问蟋蟀是什么，答说是蛐蛐，他乃以戒尺力打其头角，且打且说道："虮子啦，虮子啦！"这正是好一对的故典。鲁迅把公刘抢活狲的果子的话告诉了伯宜公，他只好苦笑，但是橘子屋的读书可能支持了一年，从那天以后却宣告中止了。

读书苦？读书乐？

——梁实秋

> 人生到了一个境界，读书不是为了应付外界需求，不是为人，是为己，是为了充实自己，使自己成为一个明白事理的人，使自己的生活充实而有意义。

从开蒙说起

读书苦？读书乐？一言难尽。

从前读书自识字起。开蒙时首先是念字号，方块纸上写大字，一天读三五个，慢慢增加到十来个，先是由父母手写，后来书局也有印制成盒的，背面还往往有画图，名曰看图识字。小孩子淘气。谁肯沉下心来一遍一遍地认识那几个单字？ 若不是靠父母的抚慰，甚至糖果的奖诱，我想孩子开始识字时不会有多大的乐趣。

光是认字还不够，需要练习写字，于是以描红模子开始，"上大人，孔乙己，化三千……"再不就是"一去二三里，烟村四五家，亭台六七座，八九十枝花"，或是"王子去求仙，丹成上九天，洞中才一日，世上几千年"。手搦毛笔管，硬是不听使唤，若不是先由父母把着小手写，多半就会描出一串串的大黑猪。事实上，没有一次写字不曾打翻墨盒砚台弄得满手乌黑，狼藉不堪。稍后写小楷，白折子[1]乌丝栏，写上三五行就觉得很吃力。大致说来，写字还算是愉快的事。

进过私塾或从"人、手、足、刀、尺"读过初小教科书的人，对于体罚一事大概不觉陌生。念背打三部曲，是我们传统的教学法。一目十行而能牢记于心，那是天才的行径。普通智商的儿童，非打是很难背诵如流的。英国十八世纪的约翰逊博士就赞成体罚，他说那是最直截了当的教学法，颇合于我们所谓"扑作教刑"[2]之意。私塾老师大概都爱抽旱烟，一二尺长的旱烟袋总是随时不离手的，那烟袋锅子最可怕，白铜制，如果孩子背书疙疙瘩瘩的，上气不接下气，当

---

1 白折子：旧时用于练字习文的空白折子。

2 扑作教刑：上古刑法的一种，指对于不勤奋的，罚其以警其心。

心那烟袋锅子敲在脑袋壳上，砰的一声就是一个大包。谁疼谁知道。小学教室讲台桌子抽屉里通常藏有戒尺一条，古所谓榎楚，也就是竹板一块，打在手掌上其声清脆，感觉是又热又辣又麻又疼。早年的孩子没尝过打手板的滋味的大概不太多。如今体罚悬为禁例，偶一为之便会成为新闻。现代的孩子比较有福了。

从前的孩子认字，全凭记忆，记不住便要硬打进去。如今的孩子读书，开端第一册是先学注音符号，这是一大改革。本来是，先有语言，后有文字。我们的文字不是拼音的，虽然其中一部分是形声字，究竟无法看字即能读出声音，或是发音即能写出文字。注音符号（比反切[1]高明多了）是帮助把语言文字合而为一的一种工具，对于儿童读书实在是无比方便。我们中国的文字不是没有严密的体系，所谓六书即是一套提纲挈领的理论，虽然号称"小学"，小学生谁能理解其中的道理？《说文解字》五百四十个部首就会使得人晕头转向。章太炎编了一个《部首歌》，"一、上、三、

1　反切：古人在"直音""读若"之后创制的一种注音方法，又称"反""切""翻""反语"等。反切的基本规则是用两个汉字相拼给一个字注音，切上字取声母，切下字取韵母和声调。

示；王、玉、珏……"煞费苦心，谁能背得上来？陈独秀编了一部《小学识字读本》，是文字学方面一部杰出的大作，但是显然不是适合小学识字的读本。我们中国的语言文字，说难不难，说易不易，高本汉说过这样一段话：

> 北京语实在是一种最可怜的方言，总共只有四百二十个音缀，普通的语词不下有四千个，这四千多个的语词，统须支配于四百二十个音缀当中。同音语词的增进，使听受者受了极大的困难，于此也可以想见了……（见《中国语与中国文》）

这是外国人对外国人所说的话，我们中国儿童国语娴熟，四声准确，并不觉得北京语"可怜"。我们的困难不在语言，在语言与文字之间的不易沟通。所以读书从注音符号开始，这方法是绝对正确的。

《三字经》《百家姓》《千字文》是旧式的启蒙的教材。《百家姓》有其实用价值，对初学并不相宜，且置勿论。《三字经》《千字文》都编得不错，内容丰富妥当，而且文字简练，应该是很好的教材，所以直到今日还有人怀念这两部匠心独运的著作，但是对于儿童并不相宜。孩子懂得什么"人之初，性本善""天地玄黄，宇宙洪荒"？民国初年，我在北平陶氏学堂读过一个时期的小学，记得国文一课是由老师领头高吟"击鼓其镗，踊跃用兵，土国城漕，我独南行……"，全班一遍遍地循声朗诵，老师喉咙干了，就指派一个学生（班长之类）代表他领头高吟。朗诵一个小时，下课。好多首诗经作品就是这样地注入我的记忆，可是过了五六十年之后自己摸索才略知那几首诗的大意。小时候多少时间都浪费掉了。教我读《诗经》的那位老师的姓名已不记得，他那副不讨人敬爱的音容道貌至今不能忘！

新式的语文教科书顾及儿童心理及生活环境，读起来自然较有趣味。民初的国文教科书，"一人二手，开门见山，山高月小，水落石出……""一老人，入市中，买鱼两尾，步行回家……"这一类课文还多少带有一点文言的味道。后来仿效西人的作风，就有了"小猫叫，小狗跳……"一类的句子，为某些人所诟病。其实孩子喜欢小动物，由此而入读书识字之门，亦无可厚非。抗战初期我曾负责主编一套中小学教科书，深知其中艰苦，大概越是初级的越是难于编写，因为牵涉到儿童心理与教学方法。现在台湾使用的中小学教科书，无论在内容上或印刷上较前都日益进步，学生面对这样的教科书至少应该不至于望而生畏。

纪律与兴趣

高中与大学一、二年级是读书求学的一个很重要阶段。现在所谓"读书"，和从前所谓"读圣贤书"意义不同，所读之书范围较广，学有各门各科，书有各种各类。但是国、英、算是基本学科，这三门不读好，以后荆棘丛生，一无是处。而这三门课，全无速成之方，必须按部就班，耐着性子苦熬。读书是一种纪律，谈不到什么兴趣。

梁启超先生是我所敬仰的一位学者，他的一篇《学问之趣味》广受大众欢迎，很多人读书全凭兴趣，无形中受了此文的影响。我也是他所影响到的一个。我在清华读书，窃自比附于"少小爱文辞"之列，对于数学不屑一顾，以为性情不近，自甘暴弃，勉强及格而已。留学国外，学校当局强迫我补修立体几何及三角二课。我这才知道发愤补修。可巧我所遇到的数学老师，是真正循循善诱的一个人，他讲解一条定律一项原理，不厌其详，远譬近喻地要学生彻底理解而后已。因此我在这两门课中居然培养出兴趣，得到优异的成绩，蒙准免予参加期终考试。我举这一个例，为的说明一件事，吾人读书上课，无所谓性情近与不近，无所谓有无兴趣。读书上课就是纪律，越是自己不喜欢的学科，越要加倍鞭策自己努力钻研。克制自己欲望的这一套功夫，要从小时候开始锻炼。读书求学，自有一条正路可循，由不得自己任性。梁启超先生所倡导趣味之说，是对有志研究学问的人士说教，不是对读书求学的青年致辞。

一般人称大学为最高学府，易令人滋生误解，大学只是又一个读书求学的阶段，直到毕业之日才可称之为做学问的"开始"。大学仍然是一个准备阶段，大学所讲授的仍然是基本知识。所以大学生在读书方面没有多少选择的自由，凡是课程规定的以及教师指定的读物是必须读的。青年人常有反抗的心理，越是规定必须读的，越是不愿去读，宁愿自己去海阔天空地穷搜冥讨。到头来是枉费精力自己吃亏，五四时代我还是个学生，求知欲很盛，反抗的情绪很强，亦曾有志于读书而不知所从。张之洞的《书目答问》不足以餍所望。有一天几个同学和我以《清华周刊》记者的名义进城去就教于北大的胡适之先生，胡先生慨允为我们开一个最低的国学必读书目，后来就发表在《清华周刊》上。内容非常充实，名为最低，实则庞大得惊人。梁启超先生看到了，凭他渊博的学识开了一个更详尽的书目。没有人能按图索骥地去读，能约略翻阅一遍认识其中较重要的人名书名就很不错了。吴稚晖先生看到这两个书目，气得发出"一切线装书都该丢进茅坑里去"的名言！现在想想，我们当时惹出来的这个书目风波，倒也不是什么坏事，只是好高骛远不切实际罢了。我们的举动表示我们不肯枯守学校规定的读书纪律，而对于更广泛更自由的读书的要求开始展露了天真的兴趣。

书到用时方恨少

我到三十岁左右开始以教书为业的时候，发现自己学识不足，读书太少，应该确有把握的题目东一个窟窿西一个缺口，自己没有全部搞通，如何可以教人？既已荒疏于前，只好恶补于后，而恶补亦非易事。我忘记是谁写的一副对联："书有未曾经我读，事无不可对人言！"很有意思，下句好像是左宗棠的，上句不知是谁的。这副对联表面上语气很谦逊，细味之则自视甚高。以上句而论，天下之书浩如烟海，当然无法遍读，而居然发现自己尚有未曾读过之书，则其已经读过之书必已不在少数，这口气何等狂傲！我爱这句话，不是因为我也感染了几分狂傲，而是因为我确实知道自己的谫陋，许多该读而未读的书太多，故此时时记挂着这句名言，勉励自己用功。

我自三十岁才知道自动地读书恶补。恶补之道首要的是先开列书目，何者宜优先研读，何者宜稍加参阅，版本问题也是非常重要。此时我因兼任一个大学的图书馆长，一切均在草创，经费甚为充足，除了国文系以外各系申请购书并不踊跃，我乃利用机会在英国文学图书方面广事购储。标准版本的重要典籍以及参考用书乃大致齐全。有了书并不等于问题解决，要逐步一本一本地看。我哪里有充分时间读书？我当时最羡慕英国诗人米尔顿，他在大学毕业之后听从他父亲的安排到郝尔顿乡下别墅下帷¹读书五年之久，大有董仲舒三年不窥园之概，然后他才出而问世。我的父亲也曾经对我有过类似的愿望，愿我苦读几年书，但是格于环境，事与愿违。我一面教书，一面恶补有关的图书，真所谓是困而后学。例如莎士比亚剧本，我当时熟悉的不超过三分之一，例如米尔顿，我只读过前六卷。这重大的觖失，以后才得慢慢

---

1 下帷：放下室内悬挂的帷幕，引申指闭门苦读。

弥补过来。至于国学方面更是多少年茫然不知如何下手。

读书乐

读书好像是苦事，小时嬉戏，谁爱读书？既读书，还要经过无数次的考试，面临威胁，担惊害怕。长大就业之后，不想奋发精进则已，否则仍然要继续读书。我从前认识一位银行家，整日价筹划盈虚，但是他床头摆着一套英译《法朗士全集》，每晚翻阅几页，日久读毕全书，引以为乐。宦场中、商场中有不少可敬的人物，品位很高，嗜读不倦，可见到处都有读书种子，以读书为乐，并非全是只知道争权夺利之辈。我们中国自古就重视读书，据说秦始皇日读一百二十斤重的竹简公文才就寝。《鹤林玉露》载："唐张参为国子司业，手写九经，每言读书不如写书。高宗以万乘之尊，万畿[1]之繁，乃亦亲洒宸翰[2]，遍写九经，云章[3]烂然，始终如一，自古帝王所未有也。"从前没有印刷的时候讲究抄书，抄书

---

1 万畿：指帝王日常处理的纷繁的政务。

2 宸翰：帝王的墨迹，通常指皇帝亲笔手诏、御札之类。

3 云章：指帝王的文章。

一遍比读书一遍还要受用。如今印刷发达，得书容易，又有缩印影印之术，无辗转抄写之烦，读书之乐乃大为增加。想想从前所谓"学富五车"，是指以牛车载竹简，仅等于今之十万字弱。纪元前一千年以羊皮纸抄写一部《圣经》需要三百只羊皮！那时候图书馆里的书是用铁链锁在桌上的！《听雨纪谈》有一段话：

苏文忠公作《李氏山房藏书记》曰："予犹及见老儒先生言其少时，《史记》《汉书》皆手自书，日夜诵读，唯恐不及。近岁，诸子百家，转相摹刻，学者之于书，多且易致其文辞学术当培蓰[1]昔人。而后学之士皆束书不观，游谈无根。"苏公此言切中今时学者之病，盖古人书籍既少，凡有藏者率皆手录。盖以其得之之难故，其读亦不苟。到唐世始有版刻，至宋而益盛，虽云便于学者，然以其得之之易，遂有蓄之而不读，或读之而不灭裂[2]，则以有板刻之故。无怪乎今之不如古也。

---

1 倍蓰：由一倍至五倍，形容很多。

2 灭裂：谓言行粗疏草率。

其言虽似言之成理，但其结论"今不如古"则非事实。今日书多易得，有便于学子，读书之乐岂古人之所能想象。今之读书人所面临之一大问题乃图书之选择。开卷有益，实未必然，即有益之书其价值亦大有差别，罗斯金说得好："所有的书可分为两大类：风行一时的书与永久不朽的书。"我们的时间有限，读书当有选择。各人志趣不同，当读之书自然亦异，唯有一共同标准可适用于我们全体国人。凡是中国人皆应熟读我国之经典，如《诗》《书》《礼》，以及《论语》《孟子》，再如《春秋左氏传》《史记》《汉书》以及《资治通鉴》或近人所著通史，这都是我国传统文化之所寄。如谓文字艰深，则多有今注今译之版本在。其他如子集之类，则各随所愿。

人生苦短，而应读之书太多。人生到了一个境界，读书不是为了应付外界需求，不是为人，是为己，是为了充实自己，使自己成为一个明白事理的人，使自己的生活充实而有意义。吾故曰："读书乐"。我想起英国十八世纪诗人一句诗：

Stuff the head

With all such reading as was never read.

大意是："把从未读过的书籍，赶快塞进脑袋里去。"

关于《受戒》

——汪曾祺

美，人性，是任何时候都需要的。

我没有当过和尚。

我的家乡有很多大大小小的庙。我的家乡没有多少名胜风景。我们小时候经常去玩的地方，便是这些庙。我们去看佛像。看释迦牟尼，和他两旁的侍者（有一个侍者岁数很大了，还老那么站着，我常为他不平）。看降龙罗汉、伏虎罗汉、长眉罗汉。看释迦牟尼的背后塑在墙壁上的"海水观音"。观音站在一个鳌鱼的头上，四周都是卷着漩涡的海水。我没有见过海，却从这一壁泥塑上听到了大海的声音。一个中小城市的寺庙，实际上就是一个美术馆。它同时又是一所公园。庙里大都有广庭、大树、高楼。我到现在还记得走上吱吱作响的楼梯，踏着尘土上印着清晰的黄鼠狼足迹的楼板时心里的轻微的紧张，记得凭栏一望后的畅快。

我写的那个善因寺是有的。我读初中时，天天从寺边经过。寺里放戒，一天去看几回。

　　我小时就认识一些和尚，我曾到一个人迹罕至的小庵里，去看过一个戒行严苦的老和尚。他年轻时曾在香炉里烧掉自己的两个指头，自号八指头陀。我见过一些阔和尚，那些大庙里的方丈。他们大都衣履讲究（讲究到令人难以相信），相貌堂堂，谈吐不俗，比县里的许多绅士还显得更有文化。事实上他们就是这个县的文化人。我写的那个石桥是有那么一个人的（名字我给他改了）。他能写能画，画法任伯年，书学吴昌硕，都很有可观。我们还常常走过门外，去看他那个小老婆。长得像一穗兰花。

　　我也认识一些以念经为职业的普通的和尚。我们家常做法事。我因为是长子，常在法事的开头和当中被叫去磕头；法事完了，在他们脱下袈裟，互道辛苦之后（头一次听见他们互相道"辛苦"，我颇为感动，原来和尚之间也很讲人情，不是那样冷淡），陪他们一起喝粥或者吃挂面。这样我就有机会看怎样布置道场，翻看他们的经卷，听他们敲击法器，对着经本一句一句地听正座唱"叹骷髅"（据说这一段唱词是苏东坡写的）。

我认为和尚也是一种人，他们的生活也是一种生活，凡作为人的七情六欲，他们皆不缺少，只是表现方式不同而已。

　　一个偶然的机会，我在一个乡下的小庵里住了几个月，就住在小说里所写的"一花一世界"那几间小屋里。庵名我已经忘记了，反正不叫菩提庵。菩提庵是我因为小门上有那样一副对联而给它起的。"一花一世界"，我并不大懂，只是朦朦胧胧地感到一种哲学的美。我那时也就是明海那样的年龄，十七八岁，能懂什么呢。

　　庵里的人，和他们的日常生活，也就是我所写的那样。明海是没有的。倒是有一个小和尚，人相当蠢，和明海不一样。至于当家和尚拍着板教小和尚念经，则是我亲眼得见。

　　这个庄是叫庵赵庄。小英子的一家，如我所写的那样。这一家，人特别的勤劳，房屋、用具特别的整齐干净，小英子眉眼的明秀，性格的开放爽朗，身体姿态的优美和健康，都使我留下难忘的印象，和我在城里所见的女孩子不一样。她的全身，都发散着一种青春的气息。

　　我一直想写写在这小庵里所见到的生活，一直没有写。

　　怎么会在四十三年之后，在我已经六十岁的时候，忽然会写出这样一篇东西来呢？这是说不明白的。要说明一个作者怎样孕育一篇作品，就像要说明一棵树是怎样开出花来的一样的困难。

理智地想一下，因由也是有一些的。

一是在这以前，我曾经忽然心血来潮，想起我在三十二年前写的，久已遗失的一篇旧作《异秉》，提笔重写了一遍。写后，想：是谁规定过，解放前的生活不能反映呢？既然历史小说都可以写，为什么写写旧社会就不行呢？今天的人，对于今天的生活所过来的那个旧的生活，就不需要再认识认识吗？旧社会的悲哀和苦趣，以及旧社会也不是没有的欢乐，不能给今天的人一点什么吗？这样，我就渐渐回忆起四十三年前的一些旧梦。当然，今天来写旧生活，和我当时的感情不一样，正如同我重写过的《异秉》和三十二年前所写的感情也一定不会一样。四十多年前的事，我是用一个八十年代的人的感情来写的。《受戒》的产生，是我这样一个八十年代的中国人的各种感情的一个总和。

二是前几个月，因为我的老师沈从文要编他的小说集，我又一次比较集中、比较系统地读了他的小说。我认为，他的小说，他的小说里的人物，特别是他笔下的那些农村的少女，三三、夭夭、翠翠，是推动我产生小英子这样一个形象的一种很潜在的因素。这一点，是我后来才意识到的。在写作过程中，一点也没有察觉，大概是有关系的。我是沈先生的学生。我曾问过自己：这篇小说像什么？我觉得，有点像《边城》。

三是受了百花齐放的气候的感召。

试想一想：不用说十年浩劫，就是"十七年"，我会写出这样一篇东西吗？写出了，会有地方发表吗？发表了，会有人没有顾虑地表示他喜欢这篇作品吗？都不可能的。那么，我就觉得，我们的文艺的情况真是好了，人们的思想比前一阵解放得多了。百花齐放，蔚然成风，使人感到温暖。虽然风的形成是曲曲折折的（这种曲折的过程我不大了解），也许还会乍暖还寒？但是我想不会。我为此，为我们这个国家，感到高兴。

这篇小说写的是什么？我在大体上有了一个设想之后，曾和个别同志谈过。"你为什么要写这样一篇东西呢？"当时我没有回答，只是带着一点激动说："我要写！我一定要把它写得很美，很健康，很有诗意！"写成后，我说："我写的是美，是健康的人性。"美，人性，是任何时候都需要的。

人们都说，文艺有三种作用：教育作用、美感作用和认识作用。是的。我承认有的作品有更深刻或更明显的教育意义。但是我希望不要把美感作用和教育作用截然分开甚至对立起来，不要把教育作用看得太狭窄（我历来不赞成单纯娱乐性的文艺这种提法），那样就会导致题材的单调。美感作用同时也是一种教育作用。美育嘛。这二年重提美育，我认为是很有必要的。这是医治民族的创伤、提高青年品德的一个很重要的措施。我们的青年应该生活得更充实，更优美，更高尚。我甚至相信，一个真正能欣赏齐白石和柴科夫斯基的青年，不大会成为一个打砸抢分子。

我的作品的内在的情绪是欢乐的。我们有过各种创伤，但是我们今天应该快乐。一个作家，有责任给予人们一分快乐，尤其是今天（请不要误会，我并不反对写悲惨的故事）。我在写出这个作品之后，原本也是有顾虑的。我说过：发表这样的作品是需要勇气的。但是我到底还是拿出来了，我还有一点自信。我相信我的作品是健康的，是引人向上的，是可以增加人对于生活的信心的，这至少是我的希望。

也许会适得其反。

我们当然是需要有战斗性的，描写具有丰富的人性的现代英雄的，深刻而尖锐地揭示社会的病痛，引起疗救的注意的悲壮、宏伟的作品。悲剧总要比喜剧更高一些。我的作品不是，也不可能成为主流。

　　我从来没有说过关于自己作品的话。一个不长的短篇，也没有多少可说的话。《小说选刊》的编者要我写几句关于《受戒》的话，我就写了这样一些。写得不短，而且那样的直率，大概我的性格在变。

　　很多人的性格都在变。这好。